KB184849

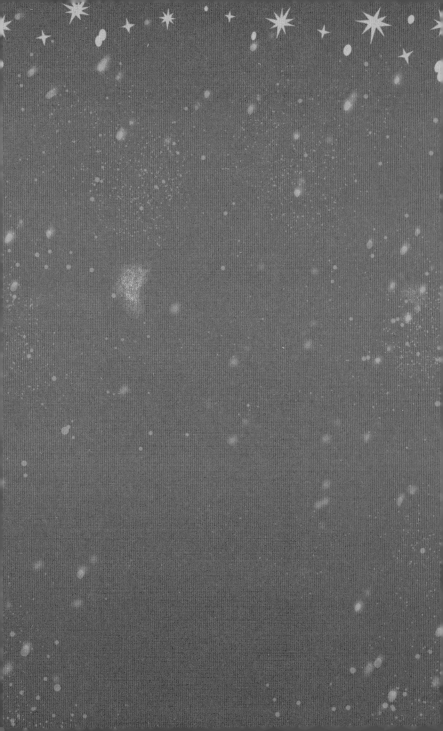

수상한 보물 탐험대 2

수상한 보물 탐험대 2
억만장자 신부와 전설의 양피지

초판 1쇄 펴낸날 2024년 11월 20일

지은이 플로리앙 드니송	**편집** 이정신 이지원 김혜윤 홍주은
옮긴이 장한라	**디자인** 김태호
펴낸이 이건복	**마케팅** 임세현
펴낸곳 도서출판 동녘	**관리** 서숙희 이주원

만든 사람들
편집 이지원 **디자인** 김태호 **표지 일러스트** MOZA

인쇄·제본 새한문화사 **라미네이팅** 북웨어 **종이** 한서지업사

등록 제311-1980-01호 1980년 3월 25일
주소 (10881) 경기도 파주시 회동길 77-26
전화 영업 031-955-3000 편집 031-955-3005 전송 031-955-3009
홈페이지 www.dongnyok.com **전자우편** editor@dongnyok.com
페이스북·인스타그램 @dongnyokpub

ISBN 978-89-7297-140-5 (74860)
       978-89-7297-138-2 (세트)

• 잘못 만들어진 책은 구입처에서 바꿔 드립니다.
• 책값은 뒤표지에 쓰여 있습니다.

수상한 ② 보물 탐험대

억만장자 신부와 전설의 양피지

알렉시스, 멜리사,

엠마, 위고에게.

1장

—

내가 수학여행을 싫어한다고? 거짓말. 반 친구들과 학교가 아닌 다른 곳에 가는 것도 좋고, 수학여행 날이면 선생님들도 평소보다 훨씬 더 유쾌해져서 좋다. 똑같은 사람인데도 다른 곳에 있다는 이유만으로 전혀 다른 성격을 지닌 얼굴을 보여 준다는 건 참 희한한 일이다. 수학여행 동안 저렴한 호텔이나 유스호스텔에서 잠을 자는 것도 좋아한다. 항상 모험을 떠나는 기분이 들고 엄청 신이 난 나머지 잠을 제대로 못 자는 경우도 많다. 재밌는 일을 놓치고 싶지 않다 보니 마지막까지 버티다 잠에 들기도 한다.

수학여행이 즐겁고 좋은 이유는 이밖에도 수없이 많

다. 그렇지만 이번 수학여행은 여건이 정말 무시무시했다.

첫날 기온이 영 도에 가까워서 하루 종일 바깥에서 이를 덜덜 떨면서 유적지를 돌아봐야 했다. 그리고 설상가상으로 눈보라까지 몰아쳤다. 둘째 날에는 중세 도시인 카르카손을 들렀다가 버스로 돌아와 새로운 목적지로 향했는데, 바로 몽세귀르 성이었다.

중세 기독교의 한 파인 카타리파를 조사하는 과제가 역사와 지리 수업에 들어 있기도 하고, 또 우리가 사는 작은 마을에서 작년에 벌어졌던 템플 기사단 사건 때문에 우리 학교에서 역사와 지리 과목을 맡고 있는 선생님 두 명이(그 가운데 우리 엄마도 있다) 이와 관련된 지역인 프랑스 남부로 며칠 동안 수학여행을 가자고 계획했다.

버스에서 토마와 나는 평소에 앉던 자리를 차지했다. 완전히 뒤쪽도 아니면서 맨 앞에 앉은 어른들과도 충분히 거리가 있는 자리였다. 또 자기와 가까운 세 줄에 앉은 모든 사람들에게 끊임없이 말을 걸어대는 운전기사와도 충분히 떨어져 있었다.

우리가 고른 자리는 선생님들이 질문을 던질 일도 없고 또 으레 시끌벅적해지는 뒤쪽과도 너무 가깝지는 않은 전략적인 위치였다. 물과 먹을거리를 둘러싼 반 친구들의 싸움에서 벗어나 들뜬 분위기와 새로운 우스갯소리를 즐길 수 있었다.

"어, 이것 봐! 네 인터뷰 영상이 올라왔어."

토마가 휴대폰 화면에 눈을 고정한 채 내게 말했다.

나는 더 잘 볼 수 있게 토마 쪽으로 몸을 기울였다. 토마가 소리를 키웠다. 우리 바로 앞에 앉아 있던 파리드가 궁금했는지 의자 등받이 위로 고개를 들었다.

파리드가 미소를 지으며 물었다.

"너희 집 근처에서 뭘 발견했는지 이야기하는 그 인터뷰야?"

"응, 조그만 유튜브 채널을 운영하는 사람들이 다큐멘터리 같은 걸 찍으려고 한 달 전에 왔었어."

토마가 눈을 크게 뜨며 얼굴을 내게로 돌렸다.

"뭐? '조그만 채널'이라고? 구독자가 거의 삼십만 명인데, 그러면 조그만 채널이라고 할 수 없지."

파리드가 토마의 말을 이어받았다.

"그렇게 조회수가 생기면 네 팟캐스트를 여는 것도 생각해 볼 수 있을걸. 우리 사촌네 친구가 그렇게 하거든. 열여섯 살도 안 됐는데 자기 부모님보다 돈을 많이 번대. 학교도 전부 다 관뒀대."

특이한 일을 하는 친구를 둔 사촌은 누구한테나 있는 법이지만 파리드 말은 일리가 있었다. 인터넷 덕분에 거의 백만장자가 되었다는 아이들 이야기는 나도 벌써 수없이 들었으니까.

나는 어깨를 으쓱하며 답했다.

"팟캐스트에서 무슨 말을 할 수 있을지 잘 모르겠는데……"

파리드가 말했다.

"보물 이야기를 해야지. 사람들은 모두 보물 이야기를 좋아하잖아."

누군가의 부모님이 큰 소리로 외쳤다. 아마 안전벨트를 매야 한다는 그런 이야기인 것 같았다. 그러자 파리드는 순식간에 머리를 감췄는데 꼭 땅굴 속으로 돌아가는 작은 동물 같았다.

토마는 여전히 미소를 지으며 동영상을 봤다. 나를

자랑스러워하는 눈치였다. 내 얼굴에도 덩달아 미소가
떠올랐다.

차를 타고 한 시간쯤 달렸을까 우리가 탄 버스가 눈
보라 속에 갇히고 말았다. 무서울 정도로 안개가 잔뜩
껴서 시야가 가로막혔다. 구름 덩어리를 뚫고 지나가는
듯한 기분이었다. 우박처럼 단단한 눈송이가 창문을 두
들기며 앞유리를 거세게 휘갈겼다. 주변이 온통 회색빛
이었다. 운전기사가 와이퍼를 켰지만 최대한 빠르게 가
동해도 도로가 겨우 보일까 말까 할 수준이었다.

토마가 휴대폰에 있는 날씨 앱을 확인해 보니 이 지
역 전체에 '폭설·결빙' 경보가 내려져 있었다. 이 지역에
이런 경보가 내려진 건 아무리 짧게 잡아도 오 년 만에
있는 일이고 프랑스에서도 유독 햇볕이 가득하기로 소
문난 이 지역에 이렇게 많은 눈이 내리는 건 삼십 년도
더 된 일이라고 했다.

토마와 같이 수학여행을 오지 않았다면 나는 이런 정
보를 전혀 몰랐을 거다. 토마는 스마트폰을 가지고 있었
고, 나는 예전에나 썼을 법한 휴대폰을 가지고 있었다.
조그만 흑백 화면이 달린 전기로 작동하는 벽돌이라고

해도 무방한 생김새였다. 부모님이 보기에 가장 중요한 두 가지 기능은 오로지 문제가 생겼을 때 부모님께 전화할 수 있는지, 또 언제든지 연락이 가능한지 뿐이었다. 우리 부모님은 이만하면 충분하고도 남는다며 반박할 수 없는 주장을 내세웠다.

토마가 유튜브 동영상과 메신저 사이를 오가는 동안 나는 유리창에 서린 김을 옷소매로 문질렀다. 바깥에서는 차들이 전조등을 켜고 느릿느릿 움직였고, 눈은 빠른 속도로 모든 곳을 하얗게 뒤덮었다. 하늘엔 구름이 가득하고 안개가 워낙 짙어서 낮인지 밤인지조차도 분간할 수가 없었다.

갑자기 운전기사가 급브레이크를 밟았다. 겁에 질린 비명소리가 파도처럼 울려 퍼졌다. 하마터면 앞자리에 머리를 부딪칠 뻔했지만 앞으로 쏠려가던 몸을 안전벨트가 확실히 붙잡아 줬다. 버스가 완전히 멈춰 서자 무슨 일이 벌어진 건지 보려고 너도나도 고개를 들었다. 요란스럽게 경보등을 울리는 경찰차, 소방차가 가장 먼저 눈에 띄었다. 그리고 저 멀리 도로 건너편에는 눈보라에 두들겨 맞은 듯한 커다란 차가 옆으로 쓰러져 있

는 것이 보였다. 버스였다. 우리가 탄 버스와 아주 닮은
버스였다…….

이번 수학여행에는 학년 중 두 반이 참가해 버스 두
대를 나눠 타고 출발했다. 나는 안전벨트를 풀었다. 가
까이 가서 사고 현장을 조금 더 자세히 확인하고 싶었
지만 우리 엄마는 모두에게 가만히 앉아 있으라고 지시
했다.

고속도로 한복판에 뒤집어진 차가 바로 '그 버스'일지
도 모른다는 생각에 등줄기를 쭉 따라 소름이 돋았다.
아망다네 반이 타고 있던 그 버스면 어떡하지…….

2장

—

아망다는 부모님이 이혼을 하느라 복잡한 문제가 생겨서 한 학년을 유급했다. 아망다는 계속 이웃집에 살기도 했고, 또 특별한 모험도 함께하면서 우리는 사이가 제법 가까워졌다. 그렇지만 다른 지역으로 간 아망다네 아버지가 아망다에 대한 친권 절반은 얻게 되면서, 예전처럼 아망다를 자주 볼 수는 없었다. 가족에게 벌어진 일이 아망다의 마음속 깊게 영향을 끼친 것 같았다. 아망다는 더 이상 예전 같지 않았다. 특히 나를 대하는 모습이 그랬다. 유급을 하다 보니 함께 놀던 친구들과도 멀어졌고, 그렇게 두 번째로 중학교 이 학년 과정을 밟으면서 아망다는 자연스럽게 반에서 나이가 많은 여자아이 두 명과 친해졌다. 그 아이들도 유급생들이었다. 그때부터 아망다와 내가 유일하게 관계를 맺는 때는 우리 집 근처에 있는 버스 정류장에서 손을 흔들며 인사할 때뿐이었다. 아침과 저녁, 등교하기 전과 하교한 뒤, 그것도 격주로 인사하는 정도. 그러니까 별 대단치 않은 관계가 되었다는 거다.

다행히도 토마와의 관계에서는 모든 일이 아주 잘 흘러갔다. 토마는 여전히 제일 친한 친구였다. 그리고 올해는 운 좋게 같은 반이 되었다. 이웃집 아망다에 얽힌 작은 근심거리를 잊게 해 줄 만한 일이었다.

헌병 한 명이 운전자석에 난 창문으로 다가와서 버스 앞쪽에 탄 어른들과 운전기사에게 상황을 설명했다. 도로를 한동안 봉쇄할 예정이고 눈보라가 거세지고 있으니 고속도로가 앞으로 족히 하루는 폐쇄될 가능성이 높으므로 돌아가는 편이 좋을 거라고 권했다. 우리는 그 말을 따르기로 했다.

"다른 반이 타고 있던 버스일까? 넌 어떻게 생각해?"

내가 토마에게 물었다.

토마도 나처럼 걱정이 가득한 얼굴이었다.

"잘 모르겠어……. 아무것도 못 봤으니까. 그리고 버스는 원래 다 비슷하게 생겼잖아. 특히나 우리는 버스 아래쪽만 봤으니까."

오른쪽 다리가 안절부절못하며 발발 떨렸다. 내가 스트레스를 받을 때면 나오는 행동이었다. 우리 엄마는 이 모습을 보면 질색팔색을 했지만 달리 도리가 없다. 그냥 반사작용인걸. 다리를 떠는 모습을 토마가 곧바로 눈치채고 내 어깨에 다정하게 손을 얹었다.

"저기 앞을 보니까 선생님들이랑 부모님들이 그렇게 놀란 분위기는 아닌 것 같아. 만약에 다른 애들이 탄 버스였으면 어른들의 정신이 완전히 나가지 않았을까? 안 그래?"

"우리한테 걱정을 끼치지 않으려고 그러는 거라면 이야기가 달라지겠지만 말이야."

내가 답했다.

토마의 말이 복잡한 내 머릿속 생각을 비집고 들어왔다. 아무튼 틀린 말은 아니었기 때문에 마구 두근거리던 심장이 조금은 차분해졌다.

버스는 도로를 따라 반대편으로 몇 분쯤 달리다가 주

유소에 멈춰 섰다. 밖으로 나가니 차가운 눈송이가 우리 뺨을 때렸고, 토마와 나는 정신 나간 사람처럼 눈 사이를 가로질러 슈퍼마켓에 뛰어들어가 한숨을 돌렸다.

학생들은 쉬는 시간에 어울리던 것처럼 모두 삼삼오오 짝을 지어 흩어져 있었다. 토마와 나는 진열대를 둘러보면서 과자나 달콤한 먹을거리를 찾아다녔다. 자동차 사고 말고 다른 데로 정신을 돌리려는 심산이었다.

손가락에다 조금이라도 온기를 불어넣으려고 내내 얼어 있던 손에다 입김을 부는데 토마가 팔꿈치로 나를 쿡 찔렀다.

"어, 저기 봐!"

커다란 유리창 너머 새하얀 겨울이 자아내는 세상의 끝 같은 풍경 속에서 하늘과 똑같이 회색빛을 띤 버스가 주유소 주차장으로 들어왔다. 아망다네 반이 타고 있는 버스였다. 나는 안도의 한숨을 내쉬었고, 토마는 씩 웃으며 나를 쏘아봤다.

"거봐, 걱정할 필요 없었다니까."

토마가 격려하는 목소리로 말했다.

그 기념으로 우리는 달콤한 과자와 초콜릿을 잔뜩 골

랐다. 사탕 봉지, 크림 비스킷 샌드, 탄산음료 여러 개를 집었다.

계산대 앞에 줄을 서 있는데 아망다와 그 친구 두 명이 휴게소 안으로 서둘러 들어오는 모습이 보였다. 아주 짧은 찰나에 아망다와 나는 서로 시선이 마주쳤지만 여자아이들은 우리를 그대로 지나쳐 주유소 뒤편에 있는 화장실로 갔다. 아망다와 함께 계획을 꾸미던 때가 그리웠다. 이제는 그 마음이 확실해졌다. 몇 달 전이었다면 이렇게 수학여행을 하면서 훨씬 더 가까워졌을 텐데…… 그러면 분명 잊지 못할 새로운 추억들을 함께 쌓을 수 있었을 텐데…….

토마가 내 손에 들려 있던 물건들을 움켜쥐더니 내가 막기도 전에 잽싸게 계산했다. 토마는 늘 그렇게 했다. 아마 토마가 나를 신경 쓰며 지켜본다는 사실과 내가 필요할 때면 언제든 곁에 있어 줄 거라는 사실을 보여 주는 토마만의 방식이 아닐까 싶다.

"고마워, 톰."

"별 것도 아닌데. 나중에 네가 아이스크림 사."

지붕이 눈에 뒤덮인 채로 멀어져 가는 자동차에 우리

둘의 시선이 향했다. 텔레파시가 통한 우리는 동시에 웃음을 터뜨렸다.

십 분쯤 흘렀을까, 모두들 로비에 있는 커피 자판기 쪽으로 모여들었다. 토마와 나는 벌써 간식을 까먹고 있었다. 아망다네 무리도 화장실에서 나와 이쪽으로 다가왔지만 아망다는 내게 눈길을 아주 조금도 주지 않았다. 아망다가 나랑 알고 지내는 걸 부끄럽게 생각하거나 적어도 나를 자기 친구 샤를로트와 사만다한테 소개하고 싶어 하지 않는 것 같다는 찜찜한 기분이 들었다. 샤를로트와 사만다는 제멋대로 행동하기로 유명했다. 게다가 둘은 이제 겨우 중학생인데도 자기들이 좋아하는 인스타그램 인플루언서들처럼 옷을 입고 화장을 하고 다녔다. 샤를로트는 면허증이랑 차를 가진 남자아이를 만나고 다니는데, 그 남자애가 주말이면 샤를로트와 사만다를 나이트클럽에 데려간다는 소문도 돌았다. 토마와 나는 합법적으로 스쿠터라도 운전할 수 있는 나이가 되려면 아직 멀었는데. 우리와 저 두 아이들의 세계는 서로 몇 광년쯤 떨어져 있었다. 아망다가 바라는 것도 결국 그런 생활일까? 전혀 감을 잡을 수 없었다.

눈이 점점 더 거세게 내리는 바람에 우리가 타고 온 버스 두 대가 주차장을 빙 돌아 나란히 주차했다. 슈퍼마켓 입구에서 몇 미터 떨어진 곳이었다. 선생님들은 버스에 타면 공지를 할 거라면서 다시 버스 자리로 돌아가라고 말했다.

토마는 간식을 비닐봉지에 집어넣고 그 위에 커다란 윗옷을 덮어서 간식거리를 소중하게 지켰다. 버스가 있는 곳까지 뛰어가는데, 아망다와 또 한 번 눈이 마주쳤다. 학생들은 모두 다 버스 입구에 몰려 있었다. 선생님들과 학부모님들이 출석표에 있는 우리 이름에 표시를 하면서 돌아왔는지 확인을 하고 찔끔찔끔 들여보내느라 버스에 타는 일이 더뎌지고 있었다.

나는 아망다와 얼마 떨어지지 않은 곳에 있었다. 아망다에게 말을 걸고 싶다는 참을 수 없는 충동이 들었다.

"안녕, 잘 지내?"

"응, 잘 지내지. 고마워. 너는 어때?"

아망다가 대답했다. 목소리에는 난처한 기색이 묻어났다.

아망다 바로 뒤에는 친구 두 명이 있었다. 꼭 내가 전염

병이라도 옮기는 사람인 것마냥 나를 뚫어져라 쳐다보고 있었다.

"그 자동차 사고 봤을 때 말이야……."

나는 말을 멈췄다. 말이 더 이상 입에서 떨어지지 않았다. 샤를로트와 사만다의 비웃는 것 같은 표정이 나를 막아섰다.

"그게 뭐?"

아망다가 채근했다.

"그게…… 너한테 무슨 일이 일어났을까 봐 정말 무서웠어……."

아망다는 작게 미소를 지었다. 아망다가 뭐라고 대답하려 하는 게 느껴졌는데, 그 순간 친구들이 훼방을 놓았다.

"아, 무서웠구나, 꼬마 올리비에 르루아. 깜찍하기도 하지!"

키가 큰 샤를로트가 말했다.

"걱정할 것 없어, 르루아. 사랑스러운 엄마가 곁에 있으니 넌 안전할 거야!"

사만다가 말을 이어받았다.

나는 또 붉어지기 시작한 뺨을 감추려고 냉큼 등을 돌렸다. 이번에는 추워서 뺨이 붉어진 게 아니었다. 아망다는 아무 말도 하지 않았다. 토마가 사탕을 내밀었다. 내가 제일 좋아하는 테이프 사탕이었다.

모두 다 버스에 타고 나자 엄마가 자리에서 일어섰고, 왁자지껄하던 소리가 점점 잦아들었다. 엄마가 운을 때자 완전히 침묵이 감돌았다.

"안타깝게도 앞서 안내했던 몽세귀르 성에 갈 수 없게 되었어요. 그렇지만 조금 전 논의를 해 본 뒤, 대안을 떠올려 봤어요. 수학여행은 나흘이 남았고, 몇 킬로미터 떨어진 곳에 렌 르 샤토라는 작은 마을이 있어요. 여러분이 들어본 적 있는 곳일지는 모르겠지만, 분명 마음에 들 거예요. 그 마을에서 아주 미스터리한 사건이 벌어졌었거든요. 역사상 가장 큰 음모가 얽힌 수수께끼가 드러났다고 해요. 그곳으로 이동하는 동안 안전벨트 매는 거 잊지 말고요!"

3장

—

"렌…… 뭐라고?"

나는 눈썹을 찌푸리며 토마에게 물었다.

토마가 바로잡아줬다.

"렌 르 샤토. 뭔가 떠오르는데."

덜덜거리는 엔진 때문에 차 안이 온통 흔들렸다. 버스가 눈 덮인 도로 위로 나섰다. 토마가 휴대폰을 꺼내서 마을 이름을 검색하고 나서야 나는 마을 이름의 철자가 어떻게 되는지 알게 됐다.

"자, 봐!"

토마가 손가락으로 짧은 블로그 글을 가리키며 소리쳤다.

그렇게 우리는 숨죽이고 글을 읽었다.

렌 르 샤토는 오드 지역에 있는 작은 마을이다. 이른바 '십억 프
랑의 신부'라고 하는 믿기 어려운 이야기 덕분에 유명해졌다.
1891년 이 지역의 수도원장인 베랑제 소니에르는 보물을 발견
했다. 마을 전역에 대규모 공사를 벌이고, 수많은 땅을 사들여
호화로운 별장에다 오늘날까지도 그 의미를 파악할 수 없는 특
이한 건축물까지 지을 수 있을 만큼 값이 나가는 보물이었다.
이 이야기는 작가와 예술가를 비롯해 과학자들과 고고학자들
의 상상력을 자극했다. 이들은 오늘날도 여전히 렌 르 샤토의
보물이 정말로 어딘가에 숨겨져 있을 것이라 믿고 있다.
이 미스터리한 이야기에서 영감을 받은 가장 유명한 작품 가운
데 하나는 소설 《다빈치 코드》다. 《다빈치 코드》는 팔천 만 부
이상이 팔렸으며, 스무 개 이상의 언어로 번역되었다.

"《다빈치 코드》, 그거 템플 기사단이랑 관련 있는 거
아니지, 그렇지?"
토마가 물었다.
"관련 있는 것 같은데……. 작년에 '마을 그 일'이 있고

나서 우리 엄마가 나한테 딱 그 책을 사 주셨거든. 그런데 읽을 시간은 없었어."

이렇게 나는 또 다시 템플 기사단과 그 유명한 보물에 얽힌 이야기를 만나게 된 거다. 우연인 걸까? 어떻게되었든 간에 이제는 신부와 그 느닷없는 재산에 관해서더 자세히 파헤치고 싶어져 조급한 마음이 들었다. 게다가 친구 토마와 함께 금화로 가득 차 있을지도 모르는상자를 찾아다니며 사흘은 더 보낼 수가 있다니 언짢을이유가 하나도 없었다. 오히려 그 반대였다. 작년에는휴가를 떠나 있느라 사건이 벌어지는 내내 토마는 아무것도 구경할 수 없었다. 이번에는 다를 거다. 토마가 놓친 시간을 만회할 수 있게 할 작정이었다.

무심결에 내 자리 아래에 놔뒀던 배낭을 열어서 무전기들이 아직 그 자리에 잘 있는지 살폈다.

눈이 내린 풍경을 지나 얼어붙은 좁은 길 위를 오랫동안 이동한 끝에 드디어 렌 르 샤토 마을 중심부에 도착했다. 버스 두 대가 멈춰 선 주차장 위쪽으로는 돌로 만든 둥근 탑이 솟아 있었다. 탑의 감시구에는 갓 내린 눈이 소복하게 덮여 있었다.

집들은 다닥다닥 붙어 있었고 오른쪽으로는 교회가, 저 뒤편 마을 입구에는 얼마나 오래되었는지 알 수 없는 낡고 황폐한 중세시대 성이 서 있었다. 나는 내가 사는 아르빌이 세상에서 가장 작은 마을이라고 늘 생각했었는데, 버스에서 내리면서 보니 오해하고 있었다는 생각이 들 정도로 렌 르 샤토는 아주 작은 마을이었다.

운전기사들이 열어 준 짐칸에서 우리는 물건을 챙겼다. 몇 분 전부터 눈은 그쳐 있었지만 기온은 몇 도 더 떨어진 것 같았다. 몸은 꽁꽁 얼어붙었고, 또 운동화가 눈에 젖어 발이 어는 바람에 흔들리는 낙엽처럼 몸이 덜덜 떨렸다.

키가 작고 기름을 바른 듯한 윤기 나는 머리를 뒤로 묶은 통통한 남자가 우리에게 다가왔다. 그 남자는 이곳 주인이라고 자기를 소개했다. 그리고 이곳이 '소니에르 수도원장의 영토'라고 했다. 그 신부 덕분에 유명해진 지역이니 이곳이 소니에르 수도원장의 영토라는 것

쯤은 충분히 짐작할 수 있는 일이었다! 남자는 비스듬한 지붕이 눈에 파묻혀 있는 커다란 집을 가리켰다. 바로 거기서 우리가 세 밤을 잘 거라고 했다.

나는 토마를 쳐다봤다. 토마는 실실 웃고 있었다. 토마도 나처럼 콕콕 찌르는 것 같고 자잘한 거품이 부글거리는 기분을 느꼈을 거라고 생각했다. 신나는 수학여행이 될 것 같다는 예감이 들었다. 온갖 곳에 미스터리한 분위기가 감돌았다. 우리 주변에 있는 건축물들이 알쏭달쏭한 호기심을 품고 우리를 지켜보는 것 같았다. 마치 오래된 보물을 빼앗아 가려고 온 건지 아니면 그냥 휴가를 보내러 온 건지 우리에게 물어보는 것처럼 보였다. 나 스스로도 궁금해지기 시작했다.

묵을 숙소로 가기 전 학생들 모두 큰 응접실에 모여야 했다. 우리는 아망다네 무리를 다시 한 번 마주쳤다. 이번에는 남자아이 두 명도 같이 있었다. 한 명은 덩치도 크고 벌써 수염도 조금 나는 것처럼 보였고, 다른 한 명은 키가 훨씬 더 작지만 대신에 근육이 붙어 옆으로도 커 보였다. 우리 엄마가 조용히 하라고 했지만 그 남자아이들은 어른들 눈을 피해 여자아이들을 간질이면서 소란을 피웠다. 나는 그게 신경이 쓰였다.

아망다는 킥킥거리면서 비웃는 듯한 소리의 웃음을 감추려고 손으로 입을 가렸다. 나는 피가 끓었다. 내 얼굴은 분명 토마가 입은 새빨간 윗도리 색깔이랑 똑같았을 거다. 다행히 바깥에서 들어오는 찬 기운이 모두의 뺨을 붉게 물들여 내가 짜증이 난 것은 눈에 띄지 않고 지나갔다.

토마는 그 애들은 신경 쓰지 말라는 뜻으로 내 잠바 소매를 끌어당겼다. 그렇지만 그 애들은 우리랑 너무 가까워서 속삭이는 대화 소리가 전부 다 들렸다.

나한테 들릴 정도로는 컸지만 그렇다고 어른들한테 들릴 정도는 아닌 목소리로 샤를로트가 말을 내뱉었다.

"여기 정말 별로다! 아무것도 없잖아. 보잘것없는 집 세 채랑 폐허뿐이라고! 대체 누가 여기로 오자는 생각을 했는지는 모르겠지만 진짜 썩어빠진 아이디어다."

4장

—

렌 르 샤토에 밤이 찾아왔다. 눈에 덮여 잠이 든 이 조용하고 작은 마을에서 몇 시간 전에 일어났던 일 때문에 계속 꿀꿀하고 걱정스러웠다. 길을 밝히는 가로등 하나 없었고, 어른들은 손전등을 켜서 우리를 식당으로 데려다줘야 했다. 식당은 우리가 머무는 숙소에서 고작 몇 미터 떨어진 곳에 있었다. 카펫처럼 덮인 눈은 우리 발 밑에서 뽀득거리는 소리를 냈다. 지난번 이탈리아 알프스 지역으로 스키를 타러 갔던 기억이 머릿속을 스쳐 갔다.

숙소 주인은 겨울이면 이 지역은 시간이 멈춘 듯하다고 설명해 줬다. 그래서 우리가 머무는 동안 식사를 쭉 준비하려면 이웃 마을에서 요리사를 불러와야 한다고 했다.

실제로 식당에 가 보니 커다란 공간 안에 짝이 맞지 않는 식탁과 의자가 길게 늘어서 있었다. 식탁 끄트머리에는 커다란 벽난로가 있었고, 요리사 두 명 중 한 사람이 이제 막 불을 피우고 있었다. 그렇지만 식사를 다 마칠 때까지도 식당은 얼어붙을 것처럼 추웠다. 몇몇 아이들은 겉옷을 입은 채로 저녁을 먹었다. 돌로 된 벽에는 흑백 사진들과 오래된 신문기사가 붙어 있었다. 그 속에서 나는 신부를 금방 찾을 수 있었다(내 생각에 그 사람은 분명 소니에르 수도원장일 거다). 신부는 사제복을 입고 제단 앞에 서 있었다. 의기양양한 모습으로 삽과 곡괭이를 든 사람들도 보였다. 렌 르 샤토의 유명한 보물 이야기를 하는 신문기사가 여기저기 붙어 있었다.

온 마을이 이 전설을 중심으로 돌아가는 것 같았다. 만약 이 십억 프랑의 신부 이야기가 없었더라면 사람들은 렌 르 샤토를 전혀 몰랐을 거라는 데에 얼마든지 내 저금통을 걸 수도 있었다.

디저트를 먹은 뒤 다시 마을을 덮쳐 오기 시작한 눈

보라를 뚫고 커다란 응접실로 향했다. 같은 건물에 우리 방이 있었다. 어른들은 우리를 한곳에 모으고는 오늘의 마지막 출석 명단을 불렀다. 모두 자리에 있었으니 별로 놀랄 일도 아니었다. 솔직히 말해서 달리 갈 만한 곳도 없지 않나?

널찍한 나무 계단이 학생들이 쓸 방들이 있는 위층까지 이어졌다. 우리는 계단 앞에 한 줄로 섰다. 오른쪽과 왼쪽에서 학부모 한 분과 우리 엄마가 각각 모든 아이들의 휴대폰을 수거했다. 이번 수학여행 동안 필수적으로 매일같이 거쳐야 하는 일과였다. 아이들은 대부분 한숨을 내쉬거나 투덜거리면서 소중한 물건을 떠나보냈지만 내 휴대폰은 옛날 옛적에 쓰던 전기로 작동하는 벽돌과도 다름없어서 나는 무덤덤했다. 그리고 밤 10시 30분에 불을 끄기 전까지 자유 시간을 보낼 수 있었기 때문에 응접실에 있는 벽난로 옆에 놓인 온갖 보드게임이 담겨 있는 커다란 나무 상자에서 체스를 가져왔다. 나는 빠진 말이 없는지 확인했고, 토마는 어깨를 으쓱하며 나를 쳐다봤다.

휴대폰을 걷는 이 필수적인 절차를 거친 뒤 드디어

우리 방으로 들어갔다. 몇백 년은 되어 보이는 방이었다. 마치 언젠가 박물관에 전시라도 하려고 한 듯 옛스러운 건축 양식과 실내 장식이 그대로 보존되어 있었다. 싱글 침대 두 개를 서로 반대편 벽에다 붙여 두었고, 커다란 장롱 양쪽 문에는 거울이 붙어 있었다. 우리 할머니 댁에서 보던 것과 똑같았다. 나무로 만든 마룻바닥은 삐걱거렸고, 매트리스에 있는 용수철은 요란한 소리를 냈으며, 문은 끽끽거렸다. 우리가 움직일 때마다 이 거대한 집이 투덜거리는 것 같았다. 방 한가운데에는 중세 시대에 성 앞에서 벌어졌던 전투를 담아 낸 오래된 먼지투성이 카펫이 있었다. 우리는 그 카펫 위에 자리를 잡고 앉았다.

토마가 방 안쪽에 있는 벽을 향해 팔을 뻗으며 말했다.

"야, 여기 봐. 큰 스크린으로 쓸 수도 있을 텐데. 여기다 내 콘솔 게임 연결하면 밤새 피파 게임도 할 수 있겠다."

"어어! 맞아. 내가 찾아 낸 건 낡은 체스고, 이거 말고는 놀 게 없다는 점만 빼면 말이지."

"휴대폰만 있었어도 드라마나 동영상을 볼 수 있었을 텐데. 아니, 그 미스터리한 보물에 관해서 알아볼 수도 있었을 거야!"

내가 웃음을 터뜨리며 말했다.

"뭐야, 너 여기 마음에 안 들어? 봐, 장롱에 커다란 거울도 붙어 있잖아. 이게 화면이라고 생각하면서 마음대로 상상하기만 하면 된다니까."

토마가 아주 심각한 분위기를 풍기며 몇 초 동안 나를 쳐다보다가 급작스레 고개를 뒤로 젖히고 요란하게 웃음을 터뜨렸다.

토마가 대화를 이어 갔다.

"고맙지만 그것보단 체스가 훨씬 낫겠어."

"게다가 너 행복한 줄 알아야 한다고! 빠진 것 없이 말이 다 있다니까!"

토마와 나는 거의 실력이 비슷했다. 그래서 같이 경기를 하면 재미있었다. 게임기가 아니라도 토마는 일단 시합에 나서면 자기가 이기기 전에는 놓지 않으려 했으니까. 나는 두 번 연달아 체크 메이트를 외쳤고, 그렇게 토마라는 무자비한 적수를 건드렸다.

31

방들이 쭉 늘어선 긴 복도에서 들려오는 남자아이들의 고함 소리와 여자아이들의 웃음소리도 토마의 정신을 흐트러뜨리지 못했다. 토마는 눈썹을 찌푸리고는 마치 평생을 통틀어 가장 중요한 일이라도 되는 것처럼 한 수 한 수를 따지며 말을 두었다.

한 시간 동안 열렬하게 게임을 하고 나니 다시 동점이 되었다. 시곗바늘은 순식간에 흘러갔고, 불이 꺼지기 전에 딱 한 번 경기를 할 만한 시간이 남아 있었다. 이 경기로 결판이 날 것이다.

복도에서 고함 소리와 웃음소리가 점점 더 다가오는 것 같았다. 문이 찰칵이는 소리. 복도에서 들리는 발소리.

토마가 자기 비숍을 어떻게 둬야 나를 곤경에 빠뜨릴 수 있을지 고민하는데, 갑자기 건물 안에 고요함이 찾아들었다. 스위치를 눌러서 소리를 끄기라도 한 것처럼 이상하다시피 한 고요함이었다.

우리 방에서 그리 멀리 떨어지지 않은 곳에서부터 마룻바닥이 삐걱거리다가 갑자기 문이 활짝 열리더니 하얀색 시트를 뒤집어쓴 사람 같은 것이 나타났다.

"우우우우우우우, 우우우우우우우, 나는 소니에르 수도원장 귀신이다. 범생이들을 잡아먹으러 왔지!"

아망다와 여자아이들과 어울려 다니는 멍청한 남자아이 중 한 명이었다.

게다가 샤를로트, 사만다와 함께 아망다도 거기에 있었다. 새로 어울려 다니게 된 남자아이들이 벌이는 우스꽝스러운 짓을 보며 히죽거리고 있었다. 비웃는 것 같은 아망다의 눈길을 마주하자 배 속이 꼬이는 것 같았다. 더 이상 내가 알던 아망다가 아닌 것 같았다.

두 남자아이 중에 키가 더 작은 아이(아마 케빈일 거다)가 쩌렁쩌렁하게 말했다.

"그래, 체스 두는 두 숙녀분, 우리가 방해한 건가?"

여자아이들은 재잘거렸고, 커다란 유령은 엉성한 변장 속에서 거의 숨이 넘어가도록 웃었다. 갑자기 케빈이 순식간에 방의 불을 끄고 문을 쾅 닫았다. 그리고 웅성거리는 소리는 곧 옆방으로 옮겨 갔다. 또 다시 복도에 고함 소리와 웃음소리가 울려 퍼졌다.

멍청이들은 남자아이들한테 망신을 줄 때 왜 꼭 여자 취급을 해야 한다고 생각하는걸까? 도대체가 이해가 가지 않았다. 여자인 게 뭐 나쁜 일이라도 되는 건가? 왜 어떤 사람들 입에서는 여자라는 이야기가 욕설처럼 나오는 걸까? 도무지 말이 안 됐다. 만약 내가 아망다나 다른 여자아이들이었다면 그런 말을 들었을 때 기분이 나빴을 거다. 그렇지만 뭐 그건 또 다른 이야기니까.

우리는 몇 초 동안 완전한 어둠 속에 있으면서 조금 전에 무슨 일이 벌어졌던 것인지 곱씹었다. 바보 같은 장난이 들이닥치는 바람에 끝장을 볼 요량으로 하던 체스 경기가 중단됐고, 과연 이 장난을 어떻게 받아들여야 할지 알 수 없었다. 어떤 아이들은 그런 장난을 즐거워하는 것 같았는데, 그래, 그게 중요한 거겠지.

다시 불을 켜려고 일어섰는데 밖에 있는 무언가가 눈길을 끌었다. 방에 나 있는 한 칸짜리 창밖으로 마을 광장이 보였다. 한밤중이었고, 오른편에서 움직이는 작은 불빛만 빼면 렌 르 샤토는 어둠에 잠겨 있었다.

"어, 토마, 이리 와서 저기 좀 봐."

내가 속삭이며 말했다.

토마가 자리에서 일어나 내 쪽으로 다가왔다.

"저기 공동묘지 아니야? 누가 저기서 나오는 것 같

은데……."

커다란 모자가 달린 가운을 뒤집어쓴 거대한 실루엣이 느린 발걸음으로 움직이고 있었다. 왼손에 들고 있는 손전등이 흰 눈을 주황색이 감도는 붉은빛으로 물들였다. 그리고 주변에 불안한 그림자를 드리웠다. 오른손에는 삽을 들고 있는 미스터리한 그림자.

토마와 나는 그 형체가 움직이는 모습을 몇 분 동안 넋을 놓고 바라봤는데, 갑자기 거대한 실루엣이 방향을 홱 돌리더니 우리 쪽을 향했다.

그 실루엣은 움직임을 멈추고 손전등을 빠르게 껐다. 마치 무언가 찜찜한 일을 하는 도중에 우리가 깜짝 놀래키기라도 한 것처럼 굴었다.

어둠이 다시 렌 르 샤토 마을을 뒤덮었다.

5장

—

"잠시 모두 주목해 주세요!"

엄마가 소리쳤다.

우리는 식당에서 아침을 먹고 있었다. 식당의 그 고약한 벽난로는 크기가 집채만 한데도 식당을 전혀 따뜻하게 데워 주질 않아서 학생들은 모두 시리얼을 앞에 두고 덜덜 떨었다. 아침에 식당에 들어왔을 때는 말을 할 때 입김이 나올 정도였다.

엄마는 바로 왼편에 서 있는 풍채가 좋은 숙소 주인을 손으로 가리키며 말을 이었다.

"여기 계신 플랑타르 씨께서 오늘 아침에 알려 주시길, 주요 간선도로가 앞으로 최소한 삼 일은 통행이 불

36

가능하다고 해요. 그래서 우리를 위해 특별히 체험 학습을 다시 열어 주시기로 했고, 몽세귀르의 카타리파 성도 나중에 찾아가긴 하겠지만 이곳 렌 르 샤토에서 중세 문화를 충분히 즐길 수 있게 되었어요. 이곳에도 템플 기사단과 카타리파의 발자취가 뚜렷하게 남아 있습니다. 앞으로 며칠 동안 현장 학습을 하면서 듣게 될 이야기들을 몸소 실감할 수밖에 없을 거라는 예감이 드네요."

모여 있는 아이들 틈에서 불만스럽게 중얼거리는 소리가 터져 나왔다. 춥기도 했고, 조그만 마을을 한겨울에 몇 바퀴씩이나 돌아다닌다고 생각하니 어느 누구도 달가워하지 않았다.

"나는 진심으로 이 이야기가 궁금해. 더 알고 싶다고!"

토마가 버터 바른 빵을 입에 가득 집어넣고 말했다.

나는 대답 삼아 어렴풋하게 미소를 지어 보였다. 나도 이 유명한 보물을 둘러싼 전설 때문에 몸이 근질근질했다.

식당을 쭉 둘러보는데 아망다가 눈에 띄었다. 여전히 두 친구들과 두 경호원과 함께 있었다. 키가 큰 로빈과 케빈은 여자아이들을 웃기려고 온갖 노력을 기울이고 있었다. 도무지 적당히 하는 법이 없었다!

그때 갑자기 플랑타르 씨와 요리사 한 명이 바퀴 달린 커다란 칠판을 가지고 왔다. 수학 시간에 쓰는 것과 똑같이 생긴, 이 지구만큼 나이가 많을 것 같은 아주 낡은 칠판이었다.

엄마가 자리에서 일어나 다시 한 번 모두에게 알렸다.

"여덟 팀으로 나눠서 체험 학습을 할 거예요. 각 팀을 어른 한 명이 맡을 겁니다."

엄마는 하얀 분필로 칠판에 줄 여러 개를 그은 다음에 꼭대기에다 어른들의 이름을 썼다.

"이리로 와서 이름을 쓰세요. 한 팀에 최대 일곱 명까지입니다. 친구랑 같이 들어갈 곳이 안 남아 있다고 하더라도 큰일은 아니죠. 친구 없이도 한나절은 보낼 수 있을 겁니다. 아무튼 모든 사람이 만족할 수는 없는 거니까 구구절절한 이야기는 들어줄 생각이 없어요. 뭐, 그렇습니다!"

항의하는 뜻이 담긴 웅성거리는 소리가 또 다시 터져

나왔다.

나는 토마에게 부탁했다.

"우리 이름 한 팀에다 써 줄 거지? 나는 운을 다 써버린 것 같아. 안 그러면 우리가 같이 들어갈 만한 자리가 없을 거야."

내 말이 끝나자마자 칠판 앞에는 벌써 긴 줄이 늘어섰다. 토마는 바로 그 대열에 동참했다.

몇 분이 지나 커다란 식당이 더 따뜻해졌을까 말까한 무렵, 토마가 식탁으로 돌아왔다. 토마는 당황한 표정이었다!

"무슨 일이야?"

내가 얼른 물어봤다.

"자리가 별로 안 남아 있어서……. 우리는 너희 엄마 팀에 들어가게 됐어."

"아, 저런……."

내가 탄식했다.

"그 팀 아니면 로디에 선생님 팀밖에 남은 자리가 없었어. 다른 역사 선생님 말야."

"으악, 안 돼! 로디에 선생님 팀은 안 되지. 그건 지옥이라고! 뭐, 너는 할 수 있는 만큼 했으니까. 아무튼 고마워."

"너희 엄마 시원시원하시잖아. 올리비에, 세상이 끝난 것처럼 굴지 마."

"그래서 그러는 건 아니야. 그냥 매일 보니까 수학여행에서는 조금 벗어나고 싶은 거지. 이미 같이 출발했다는 것부터도 그런데, 거기다 남은 시간도 엄마랑 붙어지내야 한다니……."

나는 말을 하다가 멈췄다. 파리드가 토마와 나 사이에 의자를 가지고 와 앉았다.

"얘들아, 나도 너희 팀인데 너희가 버스 안에서 보물 이야기하는 거 들었어. 나도 궁금하더라."

토마와 내가 입을 맞춰 대답했다.

"좋다!"

"그리고 나도 토마랑 같은 생각이야. 올리비에, 내가 장담하는데 너희 엄마는 다른 선생님들보다 훨씬 더 멋있어."

티는 내지 않았지만 속으로는 씩 웃었다. 나는 엄마를 싫어하지 않았다. 오히려 그 반대였다. 그렇지만 중

학교에 다니는 것만 해도 이미 신경을 써야 할 것들이 한두 가지가 아닌데, 거기다 부모님이 선생님이면 일이 순식간에 복잡해지기 쉬웠다. 솔직히 이야기하자면 엄마를 비판하거나 욕하는 소리를 들을까 봐 항상 겁이 났다. 아이들이 선생님한테 얼마나 가혹하게 굴 수 있는지를 나는 아주 잘 알고 있다. 나부터만 하더라도 어느 선생님한테 불만이 생기면 도무지 상냥하게 굴 수가 없었다. 어제 아망다랑 같이 노는 여자아이 하나가 이곳 렌 르 샤토 마을로 오자는 게 "썩어빠진 아이디어"라며 우리 엄마를 비난했을 때도 마음이 아팠다. 내가 보기에 우리 엄마는 여느 선생님들처럼 학생들에게 좋은 것만 해 주려고 하는데 말이다. 학교에서 돌아와 저녁이 되면 엄마가 그런 이야기를 아버지와 많이 나누는 것을 들을 수 있었다.

어른 여덟 명이 각자 앉아 있던 자리에서 일어나 식당 입구 쪽에 한 줄로 섰다. 엄마는 칠판에 쓰인 이름들을 받아 적고는 한 명씩 호출하기 시작했다. 다른 팀을 먼저 부른 다음 마지막에 자기 팀을 불렀다.

"엠마 P. 살로메, 테오, 파리드, 토마, 올리비에, 아망다. 이쪽으로 오세요."

아망다라고? 순간 심장이 펄쩍 뛰어올랐다. 토마가 내게 윙크를 날렸다. 뒤쪽에서 볼멘소리가 들려왔지만 엄마는 서두르는 기색이었고 전혀 조정해 줄 기미가 보이지 않았다.

우리는 자리에서 일어났다. 나는 아망다가 앉아 있는 쪽으로 고개를 돌렸다. 아망다가 발을 질질 끌며 걸어오는 모습이 보였다. 아망다는 나를 따갑게 쏘아보고 있었다.

6장

—

"따라오렴. 먼저 예배당부터 갈 거야!"

주변에서 들려오는 소음보다 목소리를 높이며 엄마가 말했다.

우리 팀은 엄마를 뒤따라 식당을 나와 길을 나섰다. 작은 예배당까지 곧바로 이어지는 좁은 길이었다. 나는 얼룩 하나 없는 새하얀 눈 덮인 땅에 발자국을 새겼다. 그러다 아망다가 어디 있는지 보려고 고개를 돌렸다. 아망다가 시선을 피했다.

나는 그래도 용기를 내서 물었다.

"괜찮아, 아망다?"

"네가 보기엔 어떤데?"

아망다가 말했다. 눈에는 분노가 가득했다.

내가 보기엔 어떻냐고? 뭐, 그렇게 겉으로만 친한 척하는 여자애들 두 명이나 바보 같은 남자애들 두 명하고 있는 것보다 우리랑 있으니까 훨씬 괜찮아 보이는데. 그렇지만 이 말은 절대 아망다에게 하지 않았다. 뭐라고 대답을 하고 싶었지만 토마가 나를 가볍게 쿡 찌르며 관두라고 이야기했다.

예배당 입구에서 몇 미터 떨어진 곳, 길 양 옆에는 돌로 만든 벽 두 개가 서 있었다. 오른쪽에는 거대한 소나무가 가지 위에 쌓인 무거운 눈을 고군분투하며 이고 서 있었다.

갑자기 차가운 돌풍이 불어닥쳤다. 얼음장 같은 찬 기운에 눈을 꼭 감고 옷깃과 목도리에 얼굴을 파묻어 몸을 지켰다. 학생들 사이에서 투덜거리는 소리가 군데군데 터져 나왔고, 아망다가 불평하는 소리도 또다시 귀에 들려왔다.

바람이 거세지자 엄마는 서둘러 우리를 예배당 안으로 들여보냈다.

"저것 봐!"

토마가 왼편에 서 있는 조각상을 가리키며 소리쳤다. 돌로 만든 아치 바로 그 아래였다.

끔찍한 표정을 짓고 있는 붉은색 악마 조각상이었다. 등에는 접힌 날개가 달려 있었다. 악마의 눈은 마치 자기가 사는 곳에 침범하지 말라는 듯이 우리를 뚫어져라 바라보고 있었다. 예배당에 악마라니, 이렇게 이상할 수가! 그렇지만 이 미스터리한 장소에서 이상했던 건 이것 하나만이 아니었다는 사실을 나는 나중에 가서야 알게 됐다.

우리는 조금 더 안쪽으로 들어가 예배당 한가운데에 모였다. 주변에는 조각상, 화려한 그림, 섬세한 조각품, 금박으로 호화롭게 장식한 가구 등이 도처에 널려 있었다. 풍성하다 못해 사치스럽다는 기분이 들 정도였다. 이렇게 작은 예배당에, 그것도 이렇게나 작은 마을에 이런 게 있다니 역시나 의아했다.

발 아래의 바닥은 검은색과 흰색 바둑판 무늬가 새겨져 있었고, 머리 위 둥근 천장에는 수많은 별을 그려 넣어 별이 반짝거리며 빛나고 있었다. 마치 어스름이 지는 진짜 하늘을 보는 것 같았다.

엄마가 침묵을 깨며 말했다.

"그러니까 1881년 여기서 모든 일이 시작됐던 거예요. 베랑제 소니에르는 렌 르 샤토라는 작은 마을에 새로운 수도원장으로 임명되어 옵니다. 그리고 자기가 맡게 된 작은 예배당의 황폐한 모습을 보고는 개축 공사를 해 보기로 마음을 먹어요. 그래서 마리-안느 엘리자베스 오트풀 후작 부인을 찾아가 돈을 조금 달라고 합니다. 우리가 여기 도착했을 때 지나갔던 낡은 성을 마지막으로 상속받았던 사람이죠. 그 성 기억나나요?"

몇몇이 고개를 저었다. 엄마는 말을 이어 갔다.

"후작 부인은 소니에르 수도원장에게 공사에 착수하는 데 필요한 돈을 줍니다. 그렇지만 그걸로는 공사 비용을 전부 댈 수 없었어요. 수도원장은 일꾼을 몇 명 고용해서 여기 보이는 제단을 짓기 시작합니다."

엄마는 예배당 안쪽으로 몇 걸음 걸어 들어가서 대리석으로 만든 거대한 제단을 가리켰다. 상판이 두툼하고 다리가 특이했다. 문양이 새겨져 있었는데, 시간이 흘러 그 모양은 희미했다.

"실제로 이 제단은 이곳 예배당에서 가장 오래된 물

건입니다. 서고트 왕국 시대에 만든 것이에요. 그리고 보시다시피 다리와 상판 가장자리에 있는 장식은 거의 알아볼 수 없을 정도가 되었습니다. 그 당시 베랑제 소니에르는 바로 이 다리가 뒤집혀 있었다는 점에 주목했어요. 그리고 일꾼들이 무거운 상판을 들어 올리자 건물 안에 있던 작은 구멍이 드러납니다. 그 속에는 양피지가 있었어요."

이야기가 점점 흥미로워지기 시작했다. 그리고 우리는 반사적으로 제단을 향해 고개를 돌렸다.

"바로 그 순간 소니에르의 상황은 완전히 뒤바뀝니다. 바로 거기서부터 렌 르 샤토의 미스터리한 이야기가 유래된 거예요. 이 발견을 한 뒤 수도원장은 그날 밤 내내 작은 방 안에 틀어박힙니다. 그리고 다음 날 아침 일꾼들에게 커다란 타일을 들어 올리라고 시켰습니다. 그 당시 이 예배당 한가운데에 있던 타일이었죠. 그리고 거기서 무엇을 발견했는지는 아무도 정확히 모르지만 아주 이상한 점은 바로 소니에르 수도원장이 일꾼들을 모두 돌려보낸 다음 이 주 동안 예배당 안에 틀어박혀 지냈고, 마을 사람들 말에 따르면 수도원장이 밤에만 손전등을 들고 나와 주변의 땅을 팠다는 것이죠. 예배당 안에서 무언가를 발견하고 며칠 뒤, 수도원장은 사람들이 공동묘지에 들어오지 못하도록 출입을 금지합니다. 그리고 묘지의 배열을 다시 바꾸었는데요, 마을 사람들이 거세게 항의할 만한 일이었죠."

공동묘지에 손전등이라……. 이 말을 듣고 토마와 나는 서로의 얼굴을 불안한 표정으로 한참 쳐다봤다.

엄마가 다시 입을 열었다.

"이 주가 지나고, 소니에르 수도원장은 다시 예배당을 열었어요. 일꾼들을 새로 고용했고, 개축 공사를 하면서 오늘날 우리가 보고 있는 실내 장식이 탄생한 거죠. 그 당시 가장 유명한 조각가들에게 조각상을 의뢰하고, 태피스트리와 가구를 만들고, 돌로 만들었던 예전 바닥은 검고 하얀 바둑판 무늬로 바꾸고, 둥근 천장에도 그림을 다시 그리고, 심지어는 우리가 뒤이어 찾아갈 다른 커다란 건축물까지 짓기 시작했어요. 그 건축물들에도 어마어마한 미스터리가 숨어 있는데, 오늘날까지도 그 미스터리는 여전히 풀리지 않고 있습니다."

우리 앞쪽 몇 미터 떨어진 곳에서 파리드가 손을 들

었다. 엄마는 파리드에게 이야기해 보라고 했다.

"이 모든 것들이 보물에 관한 이야기인가요?"

"간단히 이야기하자면, 20세기 말 렌 르 샤토는 무척 가난한 작은 마을이었어요. 젊은 수도원장이었던 베랑제 소니에르가 이 지역 담당으로 임명을 받았을 때 얼마 안 되는 자신의 은행 예금으로 마을을 부유하게 만든 것은 아니었죠. 그렇지만 양피지를 발견하고 나서부터 예배당 공사를 시작한 뒤 순식간에 재산이 늘어난 것 같았어요. 소니에르 수도원장은 큰돈을 들여 이 조그만 예배당을 장식했고, 심지어는 영토를 전부 사들여 결국에는 마을 거의 전체를 소유하게 되었고요. 그렇지만 이런 단순한 시골 마을 주임 신부 치고는 이상한 일이죠, 안 그래요? 어디서 갑자기 그렇게 재산이 많이 생겨났던 걸까요?"

7장

—

작은 예배당 안에는 불안한 침묵이 감돌았다. 바깥에서는 지붕 사이사이로 바람이 불어닥치고 또 유리창을 흔들었다. 엄마는 우리가 내키는 대로 둘러보면서 더 가까이서 장식을 볼 수 있게 해 줬다. 나는 엄마가 어쩌다가 그 이상한 주임 신부의 이야기를 알게 되었는지 그리고 왜 이제껏 한 번도 내게 이 이야기를 해 준 적이 없는지 궁금했다. 그렇지만 엄마가 윗옷 주머니에서 안내문을 꺼내서 수업 내용을 복습하듯이 읽는 모습을 보고 그제서야 다 이해가 갔다. 숙소 주인이 어른들 전부에게 안내문을 나눠 준 것이다. 그러면 속속들이 안내를 받으면서 체험 학습을 할 수 있을 테니까.

나는 대리석으로 만든 제단에 다가가는 파리드와 토마를 따라갔다. 아망다가 뭘 하고 있는지 보려고 주변을 몇 번 슬쩍 둘러봤다. 아망다는 우리에게서 최대한 떨어져 있으려는 것 같았다. 대체 내가 무슨 짓을 했다고 아망다가 나를 그렇게 피해 다니는 걸까 싶은 생각이 들었다.

두 친구가 제단 다리에 있는 조각을 꼼꼼히 뜯어보도록 내버려 두고 나는 아망다에게 가까이 다가갔다. 아망다는 벽에 걸린 그림과 태피스트리에 관심이 있는 것처럼 보였지만 어쨌든 나는 아망다를 조금은 알고 있는 터라 아망다가 기다리는 것은 오로지 하나, 점심시간에 자기 친구들 무리를 다시 만나는 것뿐이라는 걸 느낄 수 있었다.

나는 아망다의 주의를 끌어 보려고 했다.

"이번에도 보물 이야기네, 그렇지? 우리는 벌써 한 발 담그고 있다고 할 수 있는데."

아망다는 허공을 응시했다. 그 짧은 찰나에 나는 아망다가 대답을 하려는 줄로만 알았지만 아망다는 발길을 돌려 내게서 멀어져 갔다. 또다시 배가 조여 왔다. 아망다는 대체 왜 나를 미워하는 걸까?

실망스럽기도 하고 또 조금은 슬픈 기분이 되어 토마와 파리드에게 돌아갔다. 둘은 입구에 있는 악마 조각상을 보고 있었다.

내가 토마에게 말했다.

"아망다가 나를 싫어하는 것 같아."

토마가 입을 비죽이며 말했어.

"신경 쓰지 마. 아망다가 싫어하는 건 네가 아닐 거야. 아망다는 오히려 나를 싫어할걸."

나는 눈썹을 찌푸렸다.

"왜?"

"아망다가 여기 우리랑 같이 있는 건 나 때문이거든. 내가 다른 팀에 써 있던 아망다 이름을 지우고 우리 팀에다가 써 놨어."

파리드가 웃음을 터뜨렸다가 손으로 입을 가렸다. 나는 깜짝 놀랐다. 그러다가 나를 위해서 그런 행동을 했다니 토마가 정말 멋지다는 생각을 차마 감출 수가 없었다. 아망다가 왜 그렇게 짜증이 나 있었는지도 이해가 갔다. 그렇지만 대수로운 일은 아니었다. 그 짜증스러운

기분은 곧 가라앉을 테니까. 그러자 아망다에게 이야기
하러 가는 게 훨씬 편하게 느껴졌다. 내가 잘못을 저지
른 게 아니라는 생각에 마음이 놓였다.

생각에 빠져 있는데 토마의 목소리가 끼어들었다.

"너희 저거 봤어? 악마 위쪽에 글자가 두 개 쓰여 있
어……. B랑 S인데……"

"벵자맹 소니에르잖아!"

파리드가 외쳤다.

"베랑제란다!"

그때 마침 예배당에 찾아온 플랑타르 씨가 바로잡아
줬다.

그 굵직한 목소리에 우리 셋 모두 놀라 소스라쳤다.

"그리고 바로 위에는 라틴어가 새겨져 있지. 'In hoc
signo vinces'란다."

플랑타르 씨가 설명해 줬다.

"무슨 뜻이에요?"

궁금해진 내가 물었다.

"이 기호로 승리하리라."

모두들 잠시 말이 없었다. 그러다 토마가 침묵을

깼다.

"무슨 기호인데요?"

플랑타르 씨는 웃음을 터뜨리더니 아침 식사로 불룩해진 배를 두들겼다.

"아아! 애야, 그건 아무도 밝혀내지 못했단다!"

그러고는 나타났을 때만큼이나 빠르게 자리를 뜨면서 우리 엄마가 있는 예배당 중앙 홀 쪽으로 가버렸다. 우리는 똑같이 고개를 돌리며 플랑타르 씨를 눈으로 좇았다. 플랑타르 씨가 한 걸음 한 걸음 내디딜 때마다 손에 들고 있는 묵직한 열쇠 다발이 내는 금속성의 찔렁거리는 소리가 온 예배당에 울려 퍼졌다. 예배당이 메아리를 만들고 있었다.

"저쪽 행랑을 열어드리는 걸 깜박했네요."

플랑타르 씨는 미소를 지으며 엄마에게 이렇게 말하고는 칸막이 안에 감춰져 있던 왼쪽 나무 문으로 향했다.

엄마가 예배당 중앙 홀이 울리도록 외쳤다.

"모두 이쪽으로 오세요! 플랑타르 씨가 작은 방을 열어 주실 겁니다. 소니에르 수도원장이 발견했던 양피지를 볼 수 있을 거예요."

우리는 호기심을 품은 채 이 모든 전설의 기원이라는 물건을 확인하려고 모두 같은 쪽으로 발걸음을 서둘렀다.

문 안쪽 공간은 정말 비좁았다. 끽해야 세 명까지만 들어갈 수 있을 정도였다. 그래서 토마, 파리드, 나는 차분히 우리 차례를 기다렸다. 줄 저쪽을 보니 아망다가 허공을 바라보며 딴생각에 빠져 있었다. 주변에서 벌어지는 일에는 전혀 관심이 없는 것처럼 보였다. 아망다가 줄을 서서 기다리는 이유는 오로지 그 작은 방에 나 있는 문으로 빠져 나가야 체험 학습을 이어갈 수 있기 때문이었다.

드디어 우리 차례가 되었고, 우리는 천천히 벽으로 다가갔다. 벽에는 미스터리한 양피지가 있는 유리 액자가 있었다. 몇 세기가 흐르며 누렇게 변한 종이 위에 라틴어와 무척 비슷한 언어로 몇 줄이 쓰여 있었다.

눈으로 최대한 빠르게 글씨와 문구를 훑었다. 그러자 무언가 도식 같은 것이 자연스레 머릿속에 떠올랐다. 어떤 글자들은 다른 글자를 이루는 것처럼 또 다른 글자들과는 살짝 달라보였다. 마치 글 속에 숨겨진 암호 같은 게 있는 것 같았다. 어디까지나 감일 뿐이지만.

예배당을 나와 우리는 그 뒤편 공동묘지 가장자리에 있는 작은 광장에 모였다. 나는 두 친구들의 기분을 파악하려고 얼굴을 꼼꼼히 뜯어봤다. 그렇게 오랫동안 쳐다보자 토마가 눈썹을 찌푸리며 말했다.

"무슨 일이야? 문제 있어?"

"양피지에서 뭐 눈에 들어온 것 없어?"

이번에는 파리드가 눈썹을 찌푸렸다.

"뭐가 눈에 들어왔는데?"

"잘은 모르겠는데, 다른 글자하고는 조금 다른 글자들이 있었어. 꼭 다른 말을 이루는 것처럼……."

길게 침묵이 흐르다가 토마가 크게 웃음을 터뜨리며 그 침묵을 깨뜨렸다. 그 웃음이 아망다의 주의를 끌었다.

토마가 내 어깨를 친근하게 때리며 말했다.

"아아아아! 나를 속이려고 그러는 거지, 그렇지?"

파리드도 따라서 웃었다. 비웃는 건 아니었지만 조금 기분이 언짢았다.

"뭐가? 왜?"

토마가 조금 진정한 다음 이야기했다.

"그 유명한 보물을 찾을 수 있는 암호를 해독했다면 당장 이야기해 줘. 시간을 낭비하지 않게 말이야!"

갑자기 떠드는 소리 너머로 엄마의 목소리가 크게 울려 퍼졌다. 체험 학습을 마저 이어 가야 했다. 우리는 주머니에다 손을 찔러 넣고 외투 옷깃에다 얼굴을 파묻은 다음 발걸음을 옮겼다. 갓 내린 눈이 신발 바닥 아래에서 뽀득뽀득 소리를 냈다. 나는 생각에 잠겼다.

파리드와 토마는 우습고 믿을 수 없는 일이라고 생각했지만 나는 언뜻 평범해 보이는 그 글귀 속에 암호로 만든 메시지가 숨어 있다고 확신했다.

8장

—

우리는 마을을 거닐며 오트풀 가문의 성 앞을 지난 다음 계곡을 굽어보는 네모난 탑이 서 있는 마을 끄트머리까지 걸어갔다.

공동묘지 근처도 다시 지났다. 토마와 나는 불안하면서도 동시에 호기심이 가득한 눈빛을 주고받았다. 굳이 말로 표현할 필요는 없었다. 내 친구도 나와 같은 생각을 하고 있다는 걸 느낄 수 있었다. 어젯밤 바로 이 공동묘지에서 삽과 손전등을 들고 있던 커다란 사람 형체를 떠올리고 있었다. 이런 곳에서 한밤중에 할 만한 행동이 대체 뭘까?

탑 아래에서 엄마가 문을 열 수 있는 열쇠를 찾을 때

까지 기다리는 동안 토마는 꼭 누구를 찾는 것처럼 몇 번이고 뒤돌아봤다. 그러다 팀에서 혼자 멀찍이 떨어져 있는 아망다를 발견하고 그쪽으로 향했다.

한껏 짓궂은 눈빛으로 토마가 아망다에게 말했다.

"있지, 아망다, 그렇게 토라져 있지 마! 우리는 이웃이고 서로 잘 알고 지내잖아. 그렇게 언짢아할 필요 없다고!"

아망다의 대답은 그저 한숨을 내쉬고 눈알을 굴리는 것뿐이었다. 내 친구가 정말이지 감탄스러웠다. 토마는 자기가 하고 싶은 건 뭐든 다 했다. 절대 겁을 내는 법도 없고, 두려워하는 것이 하나도 없었다. 나는 아망다에게 처음 말을 붙여 볼 때까지 몇 년이 걸렸던 데다가 그것도 상황이 거들어 줬던 덕분에 비로소 가능했는데 말이다. 그렇지만 토마는 어떤 상황에서도 정말로 편하게 행동했다. 다른 사람들 시선을 결코 겁내지 않았다. 사실 따지고 보면 토마처럼 행동하는 게 좋다는 걸 나도 잘 알았지만 나 같은 사람들한테는 그게 그렇게 쉬운 일이 아니다. 누구나 다른 사람들이 놀리거나 평가하는 것을 두려워하지 않고, 손가락을 탁 튕기면서 스스로를 행복하게 만들어 주는 일을 곧바로 하겠다고 결정할 수는 없는 법이다.

"대체 뭐가 문제야, 아망다? 어서, 뭐라도 말해 봐!"

아망다는 팔짱을 끼고 허공을 바라보더니 마침내 포기하고 대답을 했다.

"나는 이 팀이 아니었잖아! 이제 친구들도 없이 앞으로 삼 일을 보내야 한다고."

토마가 어깨를 으쓱하고는 아망다에게서 몇 미터 떨어졌다. 그리고 고개를 숙이더니 눈을 동그랗게 뭉쳐서 아망다 쪽으로 몸을 돌렸다.

"자, 이렇게 하면 적어도 네가 그렇게 토라져 있을 만한 이유가 생기겠네!"

토마가 아망다를 향해 눈을 던지면서 외쳤다.

그렇게 뭉친 눈은 아망다의 머리 위쪽에 명중하고는 수많은 작은 눈송이를 만들며 터졌다. 아망다는 놀라고 화난 마음이 완벽하게 합쳐진 높은 비명 소리를 내질렀다. 아망다도 곧바로 쪼그려 앉아 빛의 속도로 눈 폭탄을 만들어 토마를 겨냥했다. 명중!

토마는 웃음을 터뜨렸다. 얼굴은 눈에 흠뻑 젖고, 눈

은 반쯤 감긴 상태였다. 그리고 땅바닥을 더듬거리며 반격할 만한 것을 찾았다. 그 모습을 지켜보던 나도 갑자기 홀린 듯이 몸을 움직였다. 눈으로 단단한 공을 만들어 토마에게 던졌고, 눈은 토마의 목에 정확히 명중했다.

토마는 고함을 질렀다. 아마 차가운 눈이 외투 안쪽으로 들어가서 그랬을 거다. 그러고는 전투 중에 부상을 입은 병사 흉내를 내면서 땅바닥으로 나뒹굴었다. 아망다는 눈빛이 환해졌고, 이가 다 보이도록 미소를 지었다. 아망다가 내 쪽을 쳐다보면서 깔깔대며 박수를 쳤다.

"잘 맞혔어!"

아망다가 내게 말했다.

"이러면 게임이 안 되지, 너희 둘이랑 나 혼자 싸우는 거잖아!"

토마가 몸을 일으키며 외쳤다.

토마가 눈을 털고는 아망다 앞으로 달려갔다. 그러고는 살짝 미끄러지다가 무릎을 꿇었다.

"용서해 주십시오, 여왕님이시여. 당신께서 이 팀에

들어오신 것은 제 잘못이나이다."

토마가 꼭 연극을 하듯이 말했다. 주변을 둘러싼 중세 분위기 때문에 제법 그럴싸해 보였다.

"내 그럴 줄 알았느니라!"

아망다가 말했다.

아망다의 표정이 조금은 다시 굳어졌지만 그래도 눈싸움을 하기 전보다는 훨씬 화가 누그러진 게 느껴졌다.

"자, 자! 소란은 그만! 체험 학습을 계속할 거예요. 이따가 쉬는 시간이 있을 테니까 눈싸움은 그때 원하는 만큼 하도록 하세요."

엄마가 갑자기 외쳤다. 그렇게 언제나처럼 즐거운 순간은 끝이 났다.

아망다가 발걸음을 옮기자 토마는 "이쪽입니다, 여왕님"이라고 하는 것처럼 팔을 움직였다. 여전히 과장스럽고 점잔빼는 분위기였다. 아망다는 파리드와 내가 있는 곳 가까이로 왔다. 아망다의 눈빛 깊은 곳에서 내가 토마와 한통속이 되어 계획을 짠 것이 아닌가 하는 눈초리를 읽을 수 있었다. 자기 이름을 멋대로 칠판에 적어 넣으며 우리 팀으로 끌어들인 계략을 펼친 게 내가 아니었을까 생각했을지도 모르지만, 내가 절대 그러지 않았고 아무런 상관도 없다는 걸 알고 있는 것 같았다.

아망다는 내 앞을 그대로 지나 천천히 탑 안으로 들어가는 줄에 합류했다. 토마는 우리 쪽으로 왔다. 토마는 내 어깨를 기세 좋게 때렸다. 자기가 한 일에 책임을 지려고 했다는 걸 그 행동으로 읽을 수 있었다.

탑은 렌 르 샤토의 가장 유명한 상징으로 꼽히는 곳이라고 엄마가 설명했다. 토대는 사각형이었고, 발 데 쿨뢰르 계곡 위에 세워져 있었다. 막달라 탑이라고 불리는 이 탑은 소니에르 수도원장의 사각형 모양 영토의 한 꼭짓점을 담당했다. 이 탑도 수많은 미스터리를 품고 있었다. 그 미스터리의 대부분은 그럴싸한 설명이 되지 않는 것들이었다. 그 가운데서 가장 먼저 탑의 이름을 꼽아볼 수 있다. 이 탑은 예수를 따르던 마리아 막달레나를 기리면서 지은 것으로 추정되는데, 만약 그랬다면 막달라 탑이 아니라 막달레나 탑이라고 이름을 붙였어야 맞다. 말장난을 치는 걸 좋아했던 그 짓궂은 소니에르 수도원장이 히브리어로 단순히 '탑'이라는 뜻을 가진 말인 '막달라'라는 이름을 골랐던 거다. 그렇지만 이 탑이 지닌 수수께끼는 여기서 그치는 게 아니다. 이 탑의 꼭대기에는 꼭 요새처럼 방어용 요철이 있었다. 그 개수가 육십사 개였는데, 희한하게도 숫자 64는 이 영토 안 거의 어디서나 볼 수 있었다.

머리 위로 먹구름이 드리웠다. 눈보라 때문에 탑 안으로 발걸음을 서둘렀다. 안으로 들어가니 탑 안의 네 면의 벽을 따라서 나무로 만든 거대한 책장들이 늘어서 있었다. 이 낡은 책장에는 오래되고 희귀한 책이 아주 많았다. 그 오른편에 있는 돌로 만든 벽난로는 추운 겨울날 탑 안을 따뜻하게 데워 줬다. 우리가 쓰던 것과 똑같았다.

나는 한 세기도 더 전에, 계곡의 차디찬 바람이 불어오는 가운데 이 탑 안에 틀어박혀서 벽난로의 불꽃이 내뿜는 빛으로 오래된 문서를 살펴보는 베랑제 소니에르의 모습을 상상했다. 소니에르 수도원장은 어디서 나온 건지도 모르고, 심지어는 부정한 방법을 써서 얻은 게 아닐지 의심스럽기까지 한 자금을 써서 이 탑과 거대한 서가를 만들었다. 그렇게나 수수께끼를 좋아했던 사람이니 이곳 어딘가에 실마리를 감춰 두었을 수도 있

지 않을까? 이를테면 이곳 바닥은 어떨까? 세로로 타일
이 여덟 개, 가로로 타일이 여덟 개 있다는 게 문득 눈에
들어왔다. 팔 곱하기 팔. 육십사. 미스터리한 그 숫자다.

9장

—

망루.

우리 엄마가 이 단어를 내뱉자 모두들 눈썹을 찌푸렸다. 망…… 뭐라고? 엄마는 중세시대에 쓰였다던 단어를 알려 줬다. 이제 우리는 우리 아빠가 입버릇처럼 하는 말처럼, 아침에 일어났을 때보다는 그래도 덜 바보가 되어서 밤에 잠을 청하게 될 거다.

망루는 탑 꼭대기 모퉁이에 만들어 둔 둥그런 공간이었는데, 공격을 받았을 때 감시병이 충분히 시야를 확보할 수 있도록 해 주는 곳이었다. 막달라 탑의 망루는 정말 작아서 한 번에 두 명까지만 들어갈 수가 있었다. 토마와 나는 씩 웃으면서 냉큼 그곳으로 들어갔다.

우리는 두 명씩 줄을 서서 나선형 계단을 따라 꼭대기까지 올라갔다. 바깥 기온 때문에 볼이 꽁꽁 얼어붙었지만 경치만은 근사했다. 심지어는 우리 얼굴을 사납게 할퀴는 눈송이마저도 더 이상 느껴지지 않을 정도였다.

토마가 한 발짝 앞으로 나가 돌로 된 난간에 몸을 기대고는 팔을 활짝 펼치며 외쳤다.

"I am the king of the world!*"

뒤쪽 네모난 탑 안에서 웃음소리가 들려왔다. 그 웃음소리 틈에서 아망다의 목소리를 알아들을 수 있었다. 심장이 조금 따끔거렸다.

모두들 차례대로 망루를 올라가 본 다음 우리는 식당을 향해 길을 나섰다. 시간이 빠르게 흘러서 벌써 정오에 가까워지고 있었다. 내 배꼽 시계가 이미 여러 번 알려 줬다. 식당으로 가는 길, 아망다는 아까보다 훨씬 괜찮아 보였다. 요 며칠 봤던 아망다가 아니라 한 팀이 되어 이웃집을 지켜보던 그때의 아망다 같았다. 훤히 보였다. 그렇지만 이건 우리 탐험의 시작일 뿐이었다. 우리

---

* '나는 이 세상의 왕이다'라는 뜻.

67

는 소니에르 수도원장이 찾아냈을지도 모르는 보물 이야기를 짧게 나눴다. 그렇지만 수많은 사람들 목소리 중에서도 딱 알아들을 수 있는 목소리 때문에 우리 대화는 끊기고 말았다. 나는 이를 꽉 물었다. 로빈의 목소리였다.

우리는 다른 팀과 마주쳤는데, 처음에 아망다가 가려던 그 팀인 것 같았다. 그 키 큰 멍청이 로빈이 저쪽에서 우리를 향해 커다란 몸짓을 하며 소리를 쳤다.

"이봐, 범생이들! 바람이 그렇게 불었는데 아직도 안 날아간 모양이네?"

케빈이 로빈의 시종처럼 옆에 딱 붙어 간간이 꺼꺽대는 소리를 내면서 얼굴을 우스꽝스럽게 찌푸렸다. 보아하니 웃고 있는 것 같았다. 아망다와 같이 노는 두 여자아이도 케빈 뒤에서 조잘대고 있었고, 아망다는 자기도 애써 웃음을 터뜨리려는 것처럼 보였다.

이런 농담을 즐기기에 아망다는 너무 똑똑한 아이라는 걸 알고 있었지만 아망다가 그렇게 행동하는 것도 이해가 갔다. 인기 있는 아이들 무리에게 인정을 받고 호감을 사는 일은 너무 어려워서 재밌지 않은 일도 재미있는 척을 해야 할 때가 많으니까.

좁은 길에서 마주쳐서 서로 반대 방향으로 가고 있기는 했지만 토마가 눈을 뭉치고 있는 게 눈에 들어왔다. 나는 고갯짓으로 토마를 만류하는 신호를 보냈고 팔로 토마를 막으려고 갖은 애를 썼다. 토마가 아망다를 흘낏 쳐다봤다. 아망다는 같이 노는 여자아이들과 신호를 주고받고 있었다. 토마는 눈 쌓인 바닥에다 뭉친 눈을 털어 냈다.

우리가 식당에 도착하니 커다란 벽난로에서 벌써 불이 타닥타닥 타오르고 있었다. 토마, 파리드, 나는 우리를 반겨 주는 모닥불로 서둘러 갔다. 이번에는 식당이 어느 정도 따뜻한 편이었지만 추워서 아플 지경이었던 손을 데우고 싶은 마음은 억누를 수 없었다.

다양한 크기의 돌이 벽난로 주위를 둘러싸고 있었고, 그 돌에는 뭔가 이야기를 담은 듯한 얇은 돋을새김 조각이 새겨져 있었다.

"훌륭하지 않니?"

플랑타르 씨가 커다란 목소리로 말했다.

심장이 철렁했다. 이 사람은 꼭 유령처럼 아무런 인

기척도 없이 아무 데서나 튀어 나오는 재주가 있었다. 그렇지만 퉁퉁한 몸과 커다란 동물 같은 걸음걸이를 보면 눈에 띄지 않을 리는 없어 보였다.

"이 조각은 솔로몬 왕이 예루살렘에 성전을 지은 이야기를 들려주고 있단다. 예술가의 서명이 남아 있지 않아서 오늘날까지도 누가 만들었는지 밝혀지지 않았어. 그렇지만 소니에르 수도원장의 기록을 보면 이 작품에 큰돈을 지불하지 않았다는 사실은 확실하지."

다른 팀 아이들이 따뜻한 식당으로 들어오자 플랑타르 씨는 처음 나타났던 때처럼 스르륵 주방으로 자취를 감췄다. 자리를 뜨겠다는 언질도 주지 않았다.

벽난로 주위의 그 돌에는 작은 당초무늬 장식들이 섬세하게 조각되어 있었다. 토마와 파리드는 우리 뒤편, 그리 멀리 떨어지지 않은 의자 등받이에다 벌써 외투를 걸쳐 놓았다. 나는 앞에 놓인 조각에 여전히 정신이 팔려 있었다. 당초무늬 장식의 개수는 정확히 육십사 개였다.

나도 외투를 벗으려고 자리로 돌아갔다. 아망다에게 찾아낸 것들을 모두 이야기해 주겠다고 마음을 굳게 먹었다. 뭐니 뭐니 해도 우리는 얼마 전에 벌어졌던 수상한 보물 사건 한가운데에 있었으니까. 내가 들려줄 이야기를 궁금해할 거라고 마음속 깊은 곳에서 확신했다. 양피지에 숨어 있을지도 모르는 수상한 메시지, 심지어는 막달라 탑의 바닥 타일 개수에도 맞춰 등장하고 어디서나 튀어나오는 숫자 64, 그리고 손전등을 들고 공동묘지에서 나오는 커다랗고 수상한 실루엣 이야기는 두말할 것도 없었다.

그런데 아망다가 있는 곳으로 첫 발자국을 떼는 순간, 아망다와 어울리는 여자아이들이 식당에 들어섰다. 아망다는 몇 년은 못 본 사이인 것처럼 팔을 활짝 벌리고는 그 애들에게 달려갔다. 잠시뿐이겠지만, 아망다는 그렇게 또 멀어졌다. 목구멍이 턱 막히는 기분이었다.

10장

—

눈보라가 무지막지하게 거세졌다. 체험 학습도 잠시 중단됐다. 오후부터는 두 반 모두 식당에 모여 이 지역과 카타리파에 관한 수업을 듣게 됐다. 그렇지만 모두의 머릿속에는 소니에르 수도원장에게 갑자기 생겨난 미스터리한 재산 이야기만이 들어 있는 것 같았다. 이 주제로 질문을 던진 학생들이 여럿 있었다. 이 이야기를 더잘 알려 줄 수 있는 건 딱 봐도 우리 엄마였기 때문에 엄마가 바통을 넘겨받았다. 그리고 모두의 요청에 따라 렌르 샤토의 과거에 관한 이야기를 이어 갔다.

작은 예배당에서 공사를 벌인 뒤로 베랑제 소니에르

는 예배당을 새로 지을 자금을 찾아다니는 한 푼도 없던 수도원장에서 진정한 부동산 자산가로 거듭났다. 몇 달 동안 마을 영토를 사실상 전부 다 사들이고 건물을 잔뜩 짓는 대공사에 착수했다. 우리가 머무르고 있는 큰 건물은 당시에 수도원 구실을 하면서 신학생들을 받았는데, 사람들 이야기로는 성직자들에게 걸맞지 않게 너무 호화스럽게 장식을 해 뒀다고 했다. 소니에르 수도원장은 자기 집도 지었다. 그게 바로 베타니 주택이다. 그곳에다 대가들의 그림, 화려하고 값비싼 조각품, 그 당시 가장 주목 받던 아틀리에에서 만든 태피스트리를 소장해 뒀다. 그러고는 공동묘지를 보수하면서 무덤의 배열을 자기 뜻에 따라 바꿨다. 어마어마한 비판을 살 만한 일이었다. 죽은 사람들을 옮기는 신부라니, 그런 건 아무도 본 적이 없을 테니까!

마지막으로는 우리가 방금 전에 방문했던 그 유명한 막달라 탑을 지었다. 그와 함께 막달라 탑을 비추듯 전체가 유리로 된 또 다른 탑을 영토 반대편에다 세웠다. 영토의 모습을 하늘에서 보면 질서정연한 거대한 사각형 같았다. 이 형태의 진정한 의미가 무엇인지, 과연 의

미가 있기는 한 것인지는 아무도 알지 못했다.

유명한 보물에 관한 전설은 1950년대까지 감춰져 있었다. 이 지역 사람에게 들은 이야기에 매료된 기자 두 명이 이 소식을 헤드라인으로 다루기로 결심했다. 그렇게 억만장자 신부 이야기는 전국적으로 대규모 일간지에 실리게 되었고, 그때부터 렌 르 샤토를 향한 열기가 피어나기 시작했던 것이다.

이 기사가 실린 뒤로 고고학자, 과학자, 역사학자, 보물 탐험가 그리고 수많은 별난 사람들이 보물을 찾아내거나 또는 어떻게든 보물의 존재를 세상에 증명해 보이겠다는 굳건한 의지를 품고 옥시타니에 있는 이 작은 마을로 찾아왔다. 사람들은 마을 한복판에서 온갖 곳을 파헤쳤다. 주변 숲에서는 무거운 바위를 치우고, 돌을 깨고 다녔다. 심지어 시장이 마을 이곳저곳을 들쑤시는 사람들에 대해 미처 조치를 취하기도 전에 어떤 곳에서는 다이너마이트를 터뜨리기까지했다.

1965년 여름, 더 정확하게는 7월 28일 지방 정부는 렌 르 샤토와 그 인근 마을에서 그 어떤 발굴도 하지 못하도록 금지령을 내렸다. 그렇게 마을은 어느 정도 평온을 되찾은 것처럼 보였지만 보물을 향한 사람들의 열정이 완전히 가라앉은 것은 아니었다. 이 어마어마한 전설은 오늘날에 이르기까지 거의 반세기 동안 사람들의 상상력을 사로잡고 있었다.

결국 우리는 오후에 식당 밖으로 나가지 못했다. 계속 식당에 머무르면서 플랑타르 씨와 요리사 두 명이 식탁을 차리며 저녁을 준비하는 모습을 보게 되었다.

식사를 한 다음에는 어제처럼 불을 끄기 전까지 자유 시간을 보낼 수 있었다. 학생들은 바깥의 혹독한 날씨와 차디찬 기온에 맞서며 모두 서둘러 숙소로 갔다.

일 층에 있는 응접실은 따스한 분위기에 잠겨 있었다. 벽난로에 있는 불은 불그스름한 불꽃을 내뿜었고, 그 부드러운 빛은 응접실 안을 다정하고 쾌적한 곳으로 만들었다. 바로 여기에 어른들이 모두 모였다. 어른들은 응접실 안 곳곳에 놓여 있는 오래된 소파에 앉아 차를 마셨다. 거대한 떡갈나무로 만든 커다란 탁자가 있는

놀이 코너에는 보드게임이며 카드, 퍼즐, 도미노가 들어 있는 상자도 있었다. 어떤 학생들은 그곳에 모여서 팀을 이뤄 모노폴리 게임을 하거나 거위 보드게임을 했다. 또 다른 아이들은 자기가 좋아하는 과목 선생님들과 이야기를 나눴다. 아망다와 꼭 붙어 다니는 무리는 다른 층의 방으로 갔다. 뭘 하러 가는지는 모르겠지만.

토마와 나는 바로 어제 했던 체스 게임의 설욕전을 치르기로 했다. 계단을 올라가기 전 엄마가 내게 시선을 보냈고, 나는 아무도 보지 못하게 엄마에게 조용히 손을 흔들었다.

방에 도착하자마자 우리는 장난의 피해자가 되었다는 사실을 알게 됐다. 방은 엉망진창이었다. 매트리스 두 개는 조막만 한 화장실에 짓눌려 처박혀 있었다. 이불은 꽁꽁 묶여 방 한가운데에 공처럼 뭉쳐 있었고, 가방에 들어 있던 물건들은 오만 군데에 흩어져 있었다. 한 삼십 분은 족히 정리를 한 다음에야 우리는 체스를 도둑맞았다는 사실을 알게 됐다. 검은 비숍 한 개만 살아남아 있었다.

토마는 성이 난 붉은 얼굴로 주먹을 꽉 쥐고 입을 악

문 채 문으로 내달렸다.

"어디 가?"

내가 걱정스럽게 물었다.

"본때를 보여 줘야지!"

"도대체 누구한테?"

토마가 나를 바라봤다.

"전혀 모르겠다는 듯이 굴지 마. 누가 이렇게 했는지 너도 잘 알잖아! 로빈, 그 커다란 멍청이 녀석이랑 그 친구, 그……."

"케빈 말이야?"

"그래, 맞아, 케빈! 걔네도 둘이고 우리도 둘이니까, 어디 한번 해보자고!"

나는 토마에게 다가갔다. 토마는 내 눈빛에서 무언가를 읽은 것 같았다. 토마가 단숨에 차분해졌다.

"부탁이야, 가지 말자. 우리 엄마도 있고, 또…… 설령 우리가 완전히 이긴다고 하더라도 나중에 큰 대가를 치러야 할 거야."

토마가 한숨을 내쉬며 악물었던 이를 풀었다

"그래, 알았어. 그렇지만 미리 이야기해 두는데, 복수는 나중으로 남겨 둘 거야."

"자, 그럼 내려가서 할 만한 다른 걸 찾아보자."

내가 미소를 지으며 말했다.

"케빈이랑 로빈 물건을 벽난로에다 던져 넣는 건?"

"워, 워! 물론 나도 마음은 그러고 싶어. 응접실에 분명 다른 체스가 있을 거야. 우리 승부를 봐야 하잖아."

우리는 계단을 두 개씩 경중경중 내려갔다. 일 층에 도착하니 엄마가 눈썹을 찌푸렸다. 분명 왜 이렇게 우리가 금방 다시 왔는지 의문이 들었을 거다.

나는 체스 판을 찾아서 커다란 나무 상자를 뒤적거렸지만 아무것도 찾아내지 못했다. 그러다 수없는 싸움을 치러 온 듯 낡은 카드 게임이 눈에 들어왔다. 토마는 키작은 탁자 앞에 자리를 잡고 두꺼운 카펫이 깔린 바닥에 앉았다. 나도 토마 쪽으로 가서 카드 뭉치를 건넸다.

"자, 섞어 봐. 포커를 칠 수 있을 거야. 벽난로 근처에 있는 다른 상자에서 칩 세트도 봤어."

나는 알록달록한 칩을 모아서 토마 옆으로 돌아갔다.

"다이아몬드 팔 번이랑 스페이드 에이스가 없잖아."

토마가 꼭 내 잘못이기라도 한 듯이 짜증을 냈다.

다른 보드게임을 같이 찾아보자고 이야기하려는데 저 멀리 계단을 내려오며 응접실에 들어오는 아망다의 일렁이는 금발이 보였다. 아망다는 응접실 안을 슥 둘러봤다. 우리와 눈을 마주치고는 안심하는 것 같았다. 아망다는 우리 쪽으로 다가와서 토마와 나 사이에 있는 푹신한 안락의자에 털썩 주저앉았다. 팔짱을 끼고는 조금 전 토마가 그랬던 것처럼 짜증을 내고 한숨을 내쉬었다.

"무슨 문제 있어?"

토마가 부드럽게 물었다.

토마는 여자아이들과 대화를 나누는 데에 정말로 재능이 있었다. 불편해 보이거나 생각이 막힌 것처럼 보이는 법이 없었다. 나와는 정반대였다.

"여자애들이 로빈이랑 케빈하고 같이 방에 들어가서 문을 잠갔어."

"어, 어!"

토마가 짓궂은 눈빛으로 웃음을 지으며 말했다.

"그만해!"

아망다가 토마의 어깨를 때리며 대꾸하고는 다시 팔

짱을 꼈다.

토마가 말을 이어 갔다.

"걔네들은 잊어버려. 딱 좋은 때 왔어. 올리가 소니에르 수도원장의 보물을 찾을 수 있는 암호를 어떻게 풀어 냈는지 막 설명하려던 참이었거든."

응? 무슨 소리를 하는 거지? 나는 뺨이 붉어졌다. 그렇지만 아망다는 나를 쳐다보면서 눈을 크게 뜨고는 환하게 웃었다. 내가 이야기를 들려준다는 말에 갑자기 신이 난 것 같았다. 내 입만 바라보고 있었다. 나는 아망다를 되찾았다. 내 닌자 수사관을 말이다!

11장

—

"그래서 어떻게 된 거야?"

아망다가 참지 못하고 내게 물었다.

번뜩 괜찮은 생각이 떠올랐다. 한번 해 볼 만하겠다는 느낌이 들었다.

"예배당에 전시되어 있던 양피지를 해독한 것 같아."

"뭐라고?"

아망다가 조금 큰 소리로 이야기하는 바람에 응접실에 있던 다른 사람들 몇몇이 우리 쪽으로 고개를 돌렸다.

토마는 어디 한번 보자는 듯이 미소를 지었다. 내 말을 믿지 않을 때에 짓는 미소였다.

"그런 것 같아……. 양피지에 쓰인 글자를 봤을 때 잘

81

은 모르겠지만 다른 글자들보다 유독 두드러지는 글자들이 모여 다른 말을 이루는 것 같았거든. 토마한테 그 이야기를 했는데 안 믿더라고."

토마의 얼굴 위로 그림자가 스쳐 지나갔다가 갑자기 표정이 바뀌었다.

"무슨 소리야, 내가 너를 안 믿었다니?"

"내가 그 이야기했을 때 파리드랑 네가 깔깔거리며 웃어댔잖아."

"그렇지만……."

"그건 됐고! 나는 네 말 믿어, 올리비에. 그러니까 이야기해 봐."

아망다가 말을 끊었다. 갑자기 세상에서 가장 진지한 사람처럼 굴었다.

나는 웃음을 감출 수가 없었다. 내 고약한 뺨이 분명 또 한 번 붉게 물들었을 거다. 감정을 조절하는 법을 정말로 좀 배워야겠다!

나는 차분하게 말을 이어 갔다. 둘 다 내 쪽으로 얼굴을 가까이 가져왔다.

"소니에르 수도원장이 예배당을 보수하려고 공사를

하다가 제단 아래에 감춰져 있던 양피지 발견했던 거 기억하지?"

나는 잠시 말을 멈췄다. 두 사람이 고개를 끄덕였다.

"좋아, 우리가 예배당에서 나오기 전에 양피지 앞을 지나는데, 글 속에서 글자들이 튀어나오는 것처럼 보였어. 라틴어로 쓴 그 문장들 속에 암호로 남겨 둔 메시지가 있는 것 같아."

"무슨 메시지가 있었는데?"

아망다가 내게 물었다. 나는 고개를 저으며 대답했다.

"모르겠어. 그냥 느낌이 그랬던 거여서. 너무 빨리 지나가는 바람에 양피지를 천천히 볼 수가 없었어. 그렇지만 확신해. 그 글 속에는 암호가 들어 있어. 이건 아주 분명해."

토마가 끼어들었다.

"아주 분명하지, 분명하고 말고, 이때까지 그걸 알아본 게 너 한 사람뿐이니까!"

"그래, 그렇지만 이렇게 작은 머리라면 기껏 알아본 걸 금방 잊어 버렸을 텐데!"

아망다가 검지로 내 머리를 톡톡 두들겼다.

아망다의 손가락이 내 머리칼을 파고들 때마다 등을 타고 긴 전율이 흘렀다. 아망다가 전기를 흘려 보내기라도 하는 것 같았다. 저녁 내내 아망다가 그렇게 한대도 싫지 않을 것 같았지만, 토마가 다시 끼어들었다.

"조금 더 자세하게 말해 봐, 올리. 뭐가 되었건 간에 그 양피지를 고작 몇 초 본 것만으로 어떻게 암호를 해독했다는 거야?"

"나도 전혀 모르겠어. 글 속에 들어 있는 글자들이 내 눈앞에 튀어나오는 것 같았거든. 우연이라고 할 수는 없을 정도로 다른 글자들하고는 아주 달랐어. 정말로 그 글자들이 단어를 이루는 것 같았다고."

"어떤 단어였는지 기억해?"

토마가 갑자기 무척 흥미로워하며 이야기를 이어 갔다.

"이미 이야기했지만, 그냥 느낌이나 직감이 그랬어. 게다가 기억이 흐릿하기도 하고. 꼭 체스를 두다가 몇 수 앞이 내다보이는데, 그게 어쩌다 그렇게 됐는지는 몰라도 머릿속에 있기는 할 때랑 비슷해."

"너한테 특별한 능력이 있다거나 뭐 그런 비슷한 재능이 있다고 이야기하려는 건 아니지?"

토마가 눈썹을 찌푸리며 말했다.

"나는 그런 말 안 했어. 그저 다른 글자들과 똑같지 않은 글자들이 글 속에 있는 걸 알아 봤다고 이야기한 거지, 그리고……."

갑자기 한 선생님이 손뼉을 쳤다. 그러자 모두들 일어서 있는 어른들에게 시선이 향했다.

"자, 자! 다들 방으로 들어갈 시간이에요. 오 분 뒤에 불을 끌 겁니다!"

아망다가 나지막한 목소리로 내뱉었다.

"아, 저런. 난 지금 더 듣고 싶은데!"

우리는 자리에서 일어나 커다란 계단을 향해 느린 걸음으로 걸어갔다. 계단을 올라가는데 토마에게 갑자기 어떤 아이디어가 번뜩 떠오른 것 같았다.

"네 눈앞에 그 양피지가 있다면 암호를 해독할 수 있을까?"

토마가 내게 속삭였다.

"그럴 것 같아. 어쨌든 적어도 내 말이 무슨 뜻인지 너희한테 구체적으로 설명해 줄 수는 있겠지."

우리는 방이 있는 층에 도착했고, 아망다가 우리에게 말을 걸었다. 아망다의 눈빛에는 장난기가 잔뜩 이글거리고 있었다.

"진실을 알아낼 방법은 한 가지뿐이겠는데. 그 양피지를 손에 넣을 방법을 찾는 거야."

"뭐라고? 지금, 여기서?"

내가 어깨를 으쓱하며 물었다.

아망다는 토마를 바라봤다.

"글쎄. 그 양피지 안에 암호가 숨어 있을지도 모르는데 토마 너는 잠이 잘 올 것 같아?"

토마가 고개를 저으며 아니라고 답했다. 토마도 아망다만큼이나 신이 나 보였다. 이런 분위기는 전염이 잘 된다.

우리 엄마가 갑자기 나타났다.

"자, 아망다, 내가 알기로 네 방은 위층일 텐데."

"잠깐만요, 엄마. 아망다한테 줄 게 있어서요."

"알겠다. 그렇지만 볼일 보고 나면 바로 방으로 올라가야 한다, 알았지? 곧바로 점호할 거니까."

엄마가 멀어졌다. 나는 서둘러 우리 방으로 돌아갔다. 토마와 아망다가 나를 따라왔다. 둘 다 머릿속이 복잡한 것 같았다. 나는 배낭을 뒤적여서 물건 두 개를 꺼냈다. 그리고 하나를 아망다에게 건네주었다. 커다란 미소가 아망다의 얼굴을 밝혔다.

"바로 그 무전기잖아! 작년에 있었던 일이 떠오르네!"

환히 빛나는 아망다의 얼굴을 이대로 더 지켜보고 싶었다. 그 표정을 보면 정말로 행복했다. 그렇지만 시간이 얼마 없었다.

"그 무전기 켜 둬. 새로운 소식이 있으면 알려 줄게."

내가 결연하게 말했다.

아망다의 미소가 훨씬 더 밝아졌다. 토마는 놀라서 눈을 휘둥그레 떴다.

"진심이지? 그 양피지 해독하러 갈 거지, 지금, 오늘 밤에, 당장?"

아망다가 신났다는 게 목소리에서 느껴졌다. 아망다를 실망시키고 싶지 않았다.

"내가 하려던 게 바로 그거야."

12장

—

"그래, 네 계획이 뭐야?"

토마가 속삭였다.

우리는 잠옷으로 갈아입지 않았다. 그리고 옷을 모두 입은 채로 이불 아래로 미끄러져 들어가 선생님이 점호를 하며 지나갈 때까지 기다렸다. 점호 절차가 끝난 뒤에도 우리는 음모를 꾸미는 사람들처럼 어둠 속에서 가만히 속삭였다.

"그 양피지에 쓰인 글을 살펴볼 수 있는 방법을 찾아야 해."

내가 말했다.

"그렇지만 양피지를 떼어내서 이리로 가져올 건 아

니지?"

나는 잠시 멈췄다가 말을 이어 갔다.

"뭐, 그럴 수도 있기야 하겠지만. 예배당으로 들어가는 열쇠가 누구한테 있는지 알고 있어."

이불이 바스락거리는 소리가 들렸다. 토마가 자기 침대에 앉아 내 쪽으로 몸을 수그렸다.

"누군데?"

"우리 엄마야. 우리가 예배당을 둘러보고 나서 플랑타르 씨가 우리 엄마한테 열쇠 꾸러미 복사본을 돌려주는 걸 봤어."

토마는 잠시 동안 말이 없었다. 생각에 잠긴 듯했다. 그러다가 다시 입을 뗐다.

"그건 너무 위험해. 그러다가 들키면 양피지가 담긴 액자에 연결된 경보음이 울릴 거고, 그러면 우리는……."

"사진 한 장만 찍으면 충분할 거야."

내가 거의 평소 같은 목소리 크기로 말했다.

"맞네!"

토마가 소리를 질렀다가 손으로 자기 입을 막았다. 그러고는 다시 속삭이며 말을 이어 갔다.

"나한테 휴대폰만 있었어도 사진을 찍어서 여기서 차분하게 글을 살펴볼 수 있었을 텐데. 그럼 네가 나한테 그 암호 이야기를 설명해 줄 수 있는데."

"맞아. 우리 휴대폰이 아래층에 있는 커다란 나무 상자에 갇혀 있다는 것만 빼면 말이지……."

토마가 내 말을 잘랐다.

"그 상자 열쇠는 누구한테 있지?"

"우리 엄마야!"

내가 풀쩍 뛰어올랐다.

갑자기 머릿속에 아이디어가 하나 스쳐 지나갔다. 위험한 계획이긴 했지만 그래도 시도할 만한 가치는 있었다. 나는 이불 밖으로 빠져나와 침대 가장자리에 앉아서 앞으로 벌어질 일들을 토마에게 설명했다.

심장이 세차게 뛰었다. 심장이 쿵쿵대는 게 내 귀에까지 들리는 기분이었다. 숨을 크게 들이마신 다음 방에서 나와 맨 꼭대기 층에 있는 우리 엄마 방으로 갔다.

문 앞에 도착한 나는 눈을 감고 불안한 마음을 다스렸다. 그리고 잠시 후, 문을 두드렸다.

"무슨 일이니, 올리비에? 왜 외출복을 다 차려 입고 있는 거야?"

엄마가 문을 열고는 내게 물었다.

"어…… 잠옷을 입고 나오고 싶진 않아서요……."

"무슨 일 있니? 누구한테 무슨 일이 생긴 거니?"

엄마가 말했다.

"토마요, 무슨 일인지는 모르겠지만 욕실에 엄청 오래 틀어박혀 있는데 불러도 대답을 안 해요."

엄마는 눈이 휘둥그레지더니 아주 심각한 표정을 지었다. 문 뒤편으로 사라졌다가 렌 르 샤토의 상징이 수놓인 회색 가운을 걸치고 다시 나왔다. 그러고는 서둘러 계단으로 갔다. 나는 그때를 틈타서 엄마 방으로 들어갔다. 열쇠 꾸러미는 침대 머리맡에 있는 작은 탁자 위에서 쉽게 찾을 수 있었다. 열쇠 꾸러미를 낚아채서 주머니에 넣은 다음에 서둘러 엄마를 뒤따라갔다. 심장이 불안하게 쿵쿵거리며 뛰었다.

토마는 침대 위에 누워 있었다. 이불 밖으로 얼굴을 비죽 내밀고 있었다. 엄마가 토마에게 다가가 다정한 목소리로 물었다.

"괜찮니, 토마?"

토마는 천천히 눈을 떴다가 곧바로 감았다. 죽을 고비에 이르렀다고 해도 될 정도였다. 대단한 연기였다!

"이제는 괜찮아졌어요, 르루아 선생님…… 감사합니다. 먹은 것 중에 뭔가 안 맞았나 봐요…… 아니면 사탕을 너무 많이 먹었을지도 모르고요. 그렇지만 화장실에 다녀왔더니 좀 나아졌어요."

우리 엄마는 토마 쪽으로 몸을 낮추고 토마의 이마에다 손등을 댔다.

"그래, 열은 없는 것 같구나. 상태가 안 좋으면 올리비에를 보내서 나를 불러야 한다, 알았지?"

토마는 고개를 천천히 끄덕이며 대답했다. 엄마는 나를 쳐다보면서 내 세면도구 가방에다 해열 진통제를 넣어 두었으니 토마가 정말로 힘들어하는 것 같으면 바로 약을 먹이라고 일러 주었다. 엄마가 이야기하는 동안 내 손은 쩔그렁거리는 소리 때문에 의심을 사지 않도록 주머니 속에 들어 있는 열쇠 꾸러미를 꽉 붙잡고 있었다.

"자, 잘 자렴, 얘들아! 토마는 잘 쉬도록 하고, 내일 아침에 상태가 나아졌는지 한번 보자."

드디어 엄마가 이렇게 이야기하면서 문 쪽으로 갔다.

엄마는 내 이마에 뽀뽀를 하고는 어두운 복도로 모습을 감췄다. 나는 문을 닫은 다음 토마에게 갔다. 그리고 전리품을 가져오기라도 한 것처럼 열쇠를 공중에 대고 흔들었다. 우리는 베개에다 얼굴을 파묻고 소리를 막으며 소리 죽여 웃었다.

토마가 침대에서 튀어 올라 내 어깨를 붙잡았다.

"좋아. 이 임무는 네가 맡아. 나는 여기서 아픈 척을 하면서 남아 있을게. 너희 엄마나 다른 어른이 지나가면 네가 화장실에 갔다고 이야기할게. 너는 나무 상자에서 내 휴대폰을 찾아서 그 양피지 사진을 찍으러 가는 거야. 네가 무전기를 아망다한테 넘겨준 건 좀 안타깝네. 안 그러면 우리가 연락을 할 수 있었을 텐데."

"아니면 내가 내 휴대폰도 가지고 와서 그걸로 네가 나한테 연락하면 어때?"

토마는 잠시 생각을 하더니 결국은 고개를 저었다.

"아니, 그러면 너무 왔다 갔다 해야 되잖아. 최대한 소리를 적게 내야 돼. 밑으로 내려가서 상자에서 내 휴대폰을 찾아서 밖으로 나간 다음 바로 예배당으로 들어가서 사진을 찍고 얼른 이리로 돌아오는 거야."

"열쇠는 어떡하지?"

내가 물었다. 점점 긴장이 되면서 조금 넋이 나갔다.

"돌아오면 내 휴대폰을 제자리에 두고, 열쇠는 글쎄, 나는 잘 모르겠지만 상자나 벽난로 위에다 놔두면 어떨까. 어쩌면 네 엄마가 자러 가기 전에 열쇠를 깜박했다고 생각하실 수도 있으니까."

나는 모두 알겠다는 뜻으로 고개를 끄덕이고 옷을 입었다. 한밤중 바깥 기온이 어떨지 생각하면서 양말을 두 겹으로 신었다. 토마는 목도리와 검정색 모자를 빌려줬다. 그런 다음 나는 방문 쪽으로 천천히 다가갔다. 이 위험천만한 모험에 앞서 잠시 망설였다. 내 친구를 바라봤다.

"혹시 그 손전등을 든 거인을 마주치면 어떡하지?"

전날 밤에 보았던 수상한 실루엣을 떠올리고 만 것을 후회하면서 물었다.

토마가 어깨를 으쓱하며 대답했다.

"뛰어야지."

13장

—

응접실까지 내려올 때는 신발을 신지 않기로 했다. 그러면 소리가 너무 클 테니까. 커다란 나무 상자 앞에 도착해서는 작은 자물쇠에다 여러 열쇠를 집어넣어 봤다. 그리고 세 번 만에 상자를 열 수 있었다. 온갖 크기와 브랜드가 뒤섞인 휴대폰들이 상자 바닥에 쌓여 있었다. 응접실 불을 켜는 건 너무 위험했는데, 다행히도 벽난로에서 불그스름한 숯이 아직 제법 빛을 뿜어내고 있어서 어느 정도 앞을 분간할 수 있었다.

아주 빠르게 토마의 휴대폰을 찾아냈다. 토마는 휴대폰 겉면에다가 자기가 제일 좋아하는 축구팀 로고 스티커를 붙여 두고 있어서 찾기 쉬웠다. 그리고 출구 쪽으로 가 현관 계단에서 신발을 신고 손전등 대신 휴대폰을 켜서 불빛을 비췄다. 현관문 타일 너머로 보이는 어두운 풍경 때문에 온몸에 소름이 돋았다. 심호흡을 하고, 모자를 귀까지 푹 덮어쓰고 길을 나섰다.

마지막까지 불어닥쳤던 눈보라 때문에 낮에 우리가 남겼던 발자국도 전부 눈에 덮여 있었다. 오로지 기억에 의존해서 방향을 잡아야 했다. 길을 밝힐 때마다 주변 나무들과 조각상들이 흔들거리고 무시무시한 그림자를 드리웠다. 누군가 나를 지켜보는 것 같고 내게 달려들 것 같아 꺼림칙했다.

나는 처음 출발했던 커다란 건물을 따라서 걸어가다가 작은 예배당으로 이어지는 길로 접어들었다. 위쪽에 있는 커다란 나무의 가지들 사이로 바람이 불었고, 가지에 쌓여 있던 눈이 내 위로 떨어졌다. 깜짝 놀라 펄쩍 뛰어올랐는데, 하마터면 비명을 지를 뻔했다. 놀란 마음을 진정시키며 고개를 젓고는 예배당 입구로 발걸음을 서둘렀다.

알맞은 열쇠를 찾아내는 건 그리 어렵지는 않았다. 낡은 자물쇠는 거대했고, 여기에 맞을 만한 열쇠는 꾸러미에서 하나뿐이었다.

문을 당기자 스산하게 끽끽거리는 소리를 내며 문이 열렸다. 피가 차갑게 얼어붙었다. 그 소리는 조용하고 아무도 없는 예배당 중앙 홀에 한참이나 울려 퍼졌다. 내 앞쪽에다 불빛을 비추자 갑자기 뭔가 끔찍한 것이 모습을 드러내며 덤벼드는 것만 같았다! 젖은 신발 바닥이 매끄러운 예배당 바닥에서 미끄러지며 나는 그만 자리에서 넘어지고 말았다. 가까스로 비명을 삼켰고, 휴대폰도 손에서 놓치지 않았다. 하얀 빛이 입을 쩍 벌리고 있는 악마를 비추자 그 무시무시한 눈이 나를 뜯어보고 있었다.

'그냥 조각상일 뿐이야.'

나는 생각했다.

다시 숨을 고르고 자리에서 일어나 문을 잠갔다. 낮에는 평범하게 보였던 조각상들이 이제는 험악하고 괴물 같은 분위기를 자아냈다. 휴대폰에서 나오는 빛에 그림자놀이를 하듯이 그림자가 져서, 꼭 조각상들이 점점 나를 포위하는 것처럼 느껴졌다. 심장이 점점 더 빨리 뛰고, 몸은 더워졌다. 옷은 무겁게 나를 짓눌렀다. 내가 바라는 것은 딱 하나뿐이었다. 양피지 사진을 찍어서 편안한 내 침대로 최대한 빨리 돌아가는 것.

떨리는 손으로 열쇠를 찾았다. 그 미스터리한 글이 전시되어 있는 작은 방으로 통하는 문을 열어 줄 바로 그 열쇠. 마침내 문을 열었을 때, 내 뒤편에서 무슨 소리가 들린 것 같았다. 자물쇠가 철컹거리는 금속성 소리가 높은 예배당 벽에 반사돼서 나는 소리였을까? 잠시 멈춰 서서 귀를 기울였다. 이 커다란 건물을 휘감고 있는 죽음과도 같은 고요를 깨는 것은 헐떡이는 내 숨소리뿐이었다.

이곳을 최대한 빨리 뜨기로 마음을 먹고 작은 방으로 몸을 집어넣었다. 그리고 드디어 양피지가 들어 있는 액자 앞에 섰다. 눈앞에 휴대폰을 들고 사진을 몇 장 찍은 다음, 곧바로 잘 찍혔는지 확인했다. 여기까지 오느라 온갖 공을 들였으니 그 어떤 사진도 흐릿하거나 글자를 알아볼 수 없으면 안 됐다.

갑자기 커다란 소리가 들렸다. 커다란 떡갈나무로 만든 묵직한 예배당 현관문이 닫히는 소리였다. 이제는 더 이상 의심의 여지가 없었다. 누군가 내 뒤를 따라서 예배당으로 들어온 거다. 예배당 중앙 홀에서 나는 소리에 집중하려고 잠시 숨을 멈췄다. 발자국 소리. 묵직하고 느릿했다. 척추를 따라 길게 소름이 끼쳤다. 다시 숨을 내쉬자 온몸에 피가 도는 게 느껴졌다.

그러다 휴대폰의 플래시가 계속 켜져 있다는 사실을 깨달았다. 이쪽으로 걸어오는 저 사람은 분명 이 불빛을 보고 내가 여기 있다는 걸 알았을 거다. 마지막으로 기지를 발휘해서 빛을 열쇠 꾸러미 쪽으로 비췄다. 재빠르게 출구를 열 수 있는 열쇠를 찾아보려고 했다. 그런 다음 심호흡을 하고 불을 껐다. 이렇게 바로 불을 끄면 누군가가 예배당 안에 침입했다는 사실이 확실해진다는 걸 잘 알았지만 이제는 완전히 깜깜해졌으니 나를 붙잡기는 조금 더 어려워졌을 거다.

나는 왼쪽으로 튀어가서 자물쇠에 달려들었다. 녹슬고 낡은 열쇠 두 개가 괜찮은 후보 같았다. 다행히 첫 번째 열쇠가 맞았다. 바깥으로 향하는 문이 열리자 안도의 한숨이 절로 나왔다. 차디찬 바람이 안쪽으로 몰려들며 내 뺨을 후려쳤다. 빛이 없어서 눈이 아직 어둠에 적응이 덜 되었지만, 낮에 체험 학습을 했던 기억을 되살려서 오른쪽으로 난 길로 돌진했다. 공동묘지 뒤쪽을 따라 나 있는 길이었다. 겨우 몇 걸음을 옮겼을까, 방향을 다시 찾으려고 손전등을 다시 켜기로 했다.

숨을 내쉬고는 뒤쪽을 흘낏 쳐다보았는데 바로 그곳에서 흘러나오는 손전등 불빛이 눈에 들어왔다.

거대한 그림자가 이제 막 예배당에서 나오고 있었다. 거인 같은 어마어마한 덩치가 내가 있는 곳에서는 아직은 조그맣게 보였다. 발걸음을 재촉하고 싶었지만 이번에도 다시 신발 바닥이 미끄러지는 바람에 앞에 쌓인 눈밭에 얼굴을 처박고 말았다.

완전히 정신이 나가 버린 나는 조금도 생각할 틈도 없이 차디찬 땅바닥에다 손을 짚고는 단숨에 일어났다. 토끼처럼 도망치며 성큼성큼 몇 걸음을 내딛었는데, 손에 휴대폰이 들려 있지 않다는 사실을 깨닫고는 깜짝 놀랐다.

다시 발걸음을 돌려서 몇 미터 떨어진 땅바닥을 더듬거리며 휴대폰을 주웠다. 어둑어둑한 실루엣이 다가왔다. 뒤집어쓰고 있는 거대한 두건 가까이 손전등을 들고 있어서 빛 때문에 얼굴을 분간할 수는 없었다.

머릿속에 드는 생각은 오로지 하나뿐이었다. 저 그림자를 따돌리고 안전한 토마 곁으로 돌아가야 한다. 그렇지만 저절로 그렇게 될 리는 없었으니, 나는 휴대폰을 붙들고 최대한 빨리 몸을 돌렸다

거대한 실루엣이 위협적으로 내게 다가왔다. 계속 달려갈 수밖에 없었다. 이렇게 가깝기는 처음이었다.

숨을 크게 들이마셨다. 얼음장 같은 공기가 깊숙이 파고들어 허파가 꽁꽁 얼어붙는 것 같았다. 마지막 힘을 다해 숙소까지 정신없이 내달리기 시작했다.

숙소 근방에 이르자 이 층 창문 한 곳에서 불빛이 새어나오는 게 보였다. 내가 도착하기를 기다리고 있는 토마였다. 속도를 높여 현관까지 달려갔다. 그리고 채 숨을 고르기 전에 뒤쪽을 쳐다봤다. 그 그림자는 사라져 있었다. 꼭 공중으로 증발하기라도 한 것처럼.

그저 두려워서 전부 다 상상으로 떠올렸던 걸까?

14장

—

2층에 있는 우리 방에 도착하니 토마가 나를 기다리고 있었다. 얼굴에는 환한 웃음이 만연했다.

"네가 정말 자랑스럽다, 역시 내 친구야! 사진 잘 찍은 거지? 괜찮았어?"

나는 대답도 하기 전에 옷가지들을 먼저 벗어던졌다. 덥고 숨이 막히기 직전이었다. 커다란 외투는 땅바닥에 집어던지고, 모자와 목도리는 토마 침대에 내던졌다. 자리에 앉아서 호흡을 가다듬은 다음, 휴대폰을 토마에게 내밀었다. 토마는 휴대폰을 살펴봤다. 토마의 눈빛이 환해졌다.

"너는 챔피언이야!"

"누가 나를 본 것 같아."

나는 걱정스러워하며 토마에게 말했다.

"응? 누가?"

토마가 눈을 크게 뜨며 말했다.

"그 거인 같은 사람 있잖아! 바로 뒤로 쫓아왔는데 못 봤어?"

토마가 고개를 저었다.

계속 우기면 토마가 나를 미친 사람 취급할 것 같아서 이 정보는 나만 알고 있기로 마음먹었다. 우리는 토마의 휴대폰 화면 앞에 모여 내가 찍은 사진들을 뜯어봤다.

내가 양피지 앞쪽 구절을 확대하면서 말했다.

"봐! 다른 글자들이랑 조금 다르게 생긴 글자 보이지 않아?"

토마가 눈썹을 찌푸리며 정수리를 긁적거렸다.

"그러네, 조금은……. 그렇지만 이렇다고 뭐가 달라진다는 건지는 모르겠어."

나는 휴대전화를 붙들고 글을 살펴봤다.

Non ebur neque aureum
mea renide*t* in d*om*o lacunar,
non tra*b*es Hymettia*e*
premunt column*a*s ultima recisas
Africa, neq*ue* Attali
ig*notus* heres regia*m* occupavi,
n*ec* Laconicas mihi
*t*rahunt h*o*nestae purpuras clientae.
At fides et ingeni
benigna vena est pauperemque dives
me petit ; ni*b*il supra
deos lacesso nec potentem amic*u*m
larg*i*ora flagito,
satis bea*t*us unicis Sabinis.

토마가 드디어 침묵을 깨고 말했다.

"그래, 좋아. 다르게 쓰인 글자들이 있다는 건 알겠어. 그렇지만 이게 어떻다는 건데?"

"종이랑 펜을 가지고 와서 받아 적어 봐."

내가 부탁했다.

토마는 신이 나서 배낭을 뒤적거리더니 이면지와 필통을 꺼냈다.

"준비됐어!"

토마가 말했다.

나는 실수를 하지 않도록 머릿속에서 마지막으로 다시 한 번 글귀를 살펴보고는 글자를 하나하나 읊었다.

"T, O, M, B, E, A, U, N, U, M, E, R, O, H, U, I, T."

"그게 다야?"

"응, 이게 전부야."

"미안하지만 무슨 소린지 영 모르겠는데."

나는 믿기 어려운 발견이라도 한 것처럼 머리 위로 팔을 치켜들며 외쳤다.

"무슨 소리야! 봐. '팔 번 무덤tombeau numéro huit'이잖아!"

우리는 오랫동안 말이 없었다. 그러다 이번에도 토마가 방 안을 휘감고 있던 적막을 깨뜨렸다.

"너도 나랑 똑같은 생각해?"

"네가 무슨 생각을 하는지는 모르겠지만, 만약 네가 나랑 똑같은 생각이라면 숫자 8이 붙어 있는 무덤을 찾아봐야겠는데."

내가 대답했다.

또 다시 말이 끊겼다.

"공동묘지!"

우리는 입을 모아 소리를 질렀다.

토마의 들뜬 얼굴이 환하게 빛났다.

"공동묘지에서 나오는 그 미스터리한 그림자를 본 것
도 이것 때문인 걸까?"

내가 토마에게 물었다.

"너는 유령을 믿어?"

나는 잠시 말을 멈췄다. 아니, 당연히 나는 유령을 믿
지 않았다. 그렇지만 토마와 내가 꿈을 꾼 것도 아니었
다. 분명 누군가가 이곳 렌 르 샤토 마을을 돌아다니고
있었다. 그리고 바로 그 사람이 나를 뒤따라 예배당으로
들어온 사람일 거라고 확신했다. 인간이 맞을까? 나는
토마에게 고개를 저었다.

"아니, 유령은 없어."

"아무튼 간에 공동묘지에 집중을 해야겠네. 그것만은
확실해."

나는 고개를 끄덕이고는 눈으로 방 안을 훑었다.

"뭐 찾는 거야?"

토마가 물었다.

"무전기. 아망다한테 알려 줘야지."

나는 자리에서 일어나 커다란 장롱 옆에 있는 작은 탁자에 올려 둔 무전기 쪽으로 갔다. 송신기를 입 가까이에 대고 큼지막한 주황색 버튼을 눌렀다.

"아망다? 여기 올리비에야. 임무 완수! 메시지를 해독했어!"

대답으로는 멀리서 치직거리는 소리만이 한참 동안 들렸다. 조그만 스피커에서 갑자기 걸걸한 목소리가 튀어나왔다.

"맞아아아아아, 나 아망다야! 잘 됐다, 올리비에, 사랑해! 네가 당장 나를 껴안으러 와 줬으면 좋겠어!"

로빈이었다(케빈일지도 모르겠지만). 둘 중 누군가가 여자아이의 높은 목소리를 흉내 내고 있었다. 무전기를 빼앗은 게 분명했다. 내 신경을 건드리고 있었다.

"정말 재밌네! 부탁인데, 아망다 좀 바꿔 줄 수 있어?"

"자, 여기 있다, 네 애인 말이야!"

배 속이 딱딱하게 조여 왔다. 토마를 쳐다봤다. 토마는 평정심을 찾으라는 뜻으로 눈을 감고 어깨를 으쓱했다.

"그래? 올리비에? 내 사랑! 정말 그리웠다고!"

이번에는 여자아이 목소리였지만 아망다는 절대로 아니었다. 나는 실망스럽고 짜증이 나서 무전기를 끄고 침대 속으로 파고들어 베개에 얼굴부터 파묻었다.

토마가 안심시키는 말투로 말했다.

"야, 그냥 내버려 둬. 내일은 훨씬 더 중요한 일이 있으니까."

15장

—

이튿날 아침, 우리는 모두 식당에 모여 아침을 먹었다. 이제는 익숙해진 일이었다. 아망다가 앉아 있는 자리로 눈길을 줬다. 아망다는 내게 곤란하다는 듯이 미소를 던졌다. 난 아망다가 친구들과 시간을 보내도록 내버려 두었다. 아무튼 간에 낮에는 같이 다닐 테고, 그러면 어제 무슨 일이 있었던 건지 아망다가 설명해 줄 수 있을 테니까.

모두들 식사를 거의 마쳐갈 즈음 엄마가 말을 꺼냈다. 엄마가 앞에 섰고, 그 옆에는 다른 선생님 두 명과 다른 학부모들이 있었다.

"기상 상황이 아주 좋지 않다는 건 잘 알고 있지만 오늘 아침은 눈보라가 조금 덜한 것 같아요. 오늘 하루 동안 날씨가 어떻게 될지는 확신할 수 없기 때문에 여러 팀을 모아서 일부는 공동묘지와 바로 옆 공원을 방문하고, 다른 팀들은 소니에르 수도원장의 생활관을 방문할 겁니다. 자리를 정리하고, 팀끼리 모이고, 옷을 따뜻하게 입으세요!"

모두들 웅성거리면서 자리에서 일어나 이곳저곳으로 향하며 옷을 입었다. 파리드가 우리 쪽으로 왔고, 아망다도 곧이어 이쪽으로 왔다.

토마는 벌써 우리 엄마에게 질문을 하고 있었다.

"르루아 선생님, 우리 팀은 공동묘지에 가나요?"

엄마가 고개를 저으며 말했다.

"아니, 우리는 생활관으로 갈 거야. 실내니까 적어도 따뜻하기는 하겠지!"

토마가 실망한 표정으로 우리 쪽으로 돌아왔다. 토마가 아망다에게 차가운 눈길을 던졌지만 아무런 말도 하지 않았다. 내가 말하기를 기다리는 게 분명했다. 파리드가 있다는 게 조금 신경 쓰였지만 그래도 내가 말을 꺼냈다.

"어제는 어떻게 됐던 거야?"

나는 목소리에 아무런 감정도 드러내지 않으면서 물었다.

아망다가 고개를 떨구며 바로 대답했다.

"미안해……. 다른 애들이 그랬어. 다른 애들이 무전기를 보자마자 가져가서……. 가지고 놀려고 그랬던 거야. 올리비에, 나는……."

내가 말을 끊었어.

"신경 쓰지 마. 그래도 내가 양피지에 있는 메시지를 해독했다는 건 알았겠네?"

아망다가 함박웃음을 지었다. 나는 심장이 뜨거워졌다.

"그럼! 그 이야기 들었지. 잘됐다! 오늘 아침에 바로 축하하고 싶었는데, 그럴 엄두가 안 났어……. 네가 나를 반길지 어떨지 몰랐거든."

"너를 안 반기는 사람은 없을 거야."

토마가 끼어들었다.

"누구 나한테 좀 설명해 줄 사람?"

파리드가 팔을 벌리며 갑자기 말을 꺼냈다.

내가 답했다.

"아…… 그래, 맞다, 미안. 예배당에서 나올 때 조그만 방 안에 전시되어 있던 양피지 기억해?"

나는 잠시 말을 끊었다. 파리드가 위아래로 고개를 끄덕였다.

"그래, 그 글 속에 숨은 메시지 같은 게 있었어."

"진짜야?"

파리드가 눈을 휘둥그레 뜨며 말했다.

"진짜야."

"그 메시지에 뭐라고 나와 있었는데?"

"팔 번 무덤."

마찬가지로 이 소식을 이제야 막 들은 아망다도 커다란 초록색 눈을 크게 떴다. 토마가 말을 이어 갔다.

"숫자 8이 달린 무덤을 찾아야 다른 메시지도 확인할 수 있을 것 같아. 그래서 얼른 공동묘지를 가고 싶어서 안절부절못했던 거고."

꼭 에베레스트 등정이라도 나갈 것처럼 옷을 껴입은 첫 번째 팀이 길을 나섰다. 나머지 팀들은 수수께끼가 가득한 소니에르 수도원장이 마지막으로 살았던 곳을 방문할 준비를 했다. 바깥에서는 잠깐 동안만 이동하면 돼서 다행이었다. 날씨가 전혀 좋지 않았다. 오늘 아침까지도 눈이 계속 두텁게 쌓여 꽁꽁 얼어붙어 있었다. 파리드가 미끄러질 뻔해서 내가 마침 타이밍 맞게 붙잡아 줬다. 우리는 서둘러 생활관 안으로 들어갔다.

왼편에 있는 방은 두툼한 붉은색 밧줄로 출입구가 막혀 있었다. 그 안에는 신부복을 입고 있는 실물 크기의 베랑제 소니에르 마네킹을 전시해 뒀는데, 마네킹은 탁자에 앉아 체스 경기에 골몰하고 있었다. 그 옆에 돌로 만든 벽난로 안에서 가짜 불이 타오르고 있었다.

우리는 조금 더 안쪽으로 들어갔다. 그리고 흔들의자에 앉아 있는 나이 많은 여인을 표현한 마네킹 앞을 지나갔다. 엄마는 그 마네킹이 마리 드나르도라고 알려 줬다. 보통은 수도원장의 가정부라고 불렀다. 오히려 호기심을 불러일으킨 점은 소니에르 수도원장이 모든 영토를 사들이고 온갖 건물을 지은 뒤에 거기에다 전부 이여인의 이름을 붙였다는 사실이다. 게다가 수도원장이 죽은 뒤 이 여인이 모든 것을 상속받았다고 한다. 이상

한 일이었다.

우리는 방 안을 둘러봤다. 오래된 흑백 사진들이 벽에 전시되어 있었다. 예배당에서 공사를 시작했을 때부터 오늘날의 렌 르 샤토를 이루는 건물들이 모두 세워질 때까지의 이야기를 전부 들려주는 것 같았다. 거의 모든 사진 속에 가만히 서서 활짝 웃고 있는 베랑제 소니에르가 보였다.

'그야 당연하지. 나도 보물을 발견했다면 저렇게 함박웃음을 지었을 테니까!'

그런 다음 위층으로 올라갔다. 우리 팀 무게 때문에 낡은 계단이 삐걱거리는 소리를 냈다. 다락방 한가운데 안전유리로 만든 덮개 속에는 이 지역 전체 모형이 전시되어 있었다. 왼쪽 구석에 있는 막달라 탑과 오른쪽 구석에 있는 유리 탑이 눈에 잘 띄었다. 우리가 이미 걸어 봤던 순찰로를 통해서 두 탑이 연결되어 있었다. 공동묘지와 거기에 딸린 무덤들이 줄지어 늘어서 있었고, 예배당도 보였다. 식당은 어느 누구의 눈에도 띄지 않을 만한 작고 둥근 탑을 등지고 있었다. 공원 같은 곳에는 조각상 몇 개가 흩어져 있었다. 풀과 자갈로 이뤄져 있는 공원 안의 네모난 구간들이 바둑판 모양을 이루고 있었다. 마지막으로는 지금 우리가 있는 생활관이 있었다.

토마가 공동묘지 모형을 손가락으로 가리키며 말했다.

"봐! 묘지에 전부 다 번호가 붙어 있는데."

내가 다가가서 투명한 벽에다 코를 바싹 붙였다. 그리고 숫자들을 봤다. 토마를 쳐다보며 속삭였다.

"그 공동묘지에 오늘 꼭 가야 해."

가만히 우리 이야기를 듣던 아망다가 갑자기 관심을 보였다.

그렇지만 생활관에서 거의 두 시간 정도를 보내며 지역의 역사를 듣고 난 뒤, 엄마가 우리 계획을 몽땅 위태롭게 만들지도 모르는 소식을 들려줬다.

16장

―

소니에르 수도원장의 생활관을 나서자 눈보라가 거세졌다. 우리는 식당 안으로 달려가서 몸을 피했다. 식당에 들어가니 요리사 한 명이 커다란 장작을 집어넣으며 불을 키우고 있었다. 식당의 온기 덕분에 다시 온몸에 기운이 돌았다.

엄마는 우리더러 자리에 앉으라고 하고는 모두에게 안내를 했다.

"오늘 오후에는 실내에서 활동을 해야 할 것 같습니다. 기상 특보를 확인해 보니 정오부터 폭설이 내릴 것 같다고 하네요."

토마, 아망다, 나는 불안한 기색으로 서로를 쳐다

봤다.

"공동묘지를 보러 갈 수 없으면 어떻게 하지?"

토마가 내게 물었다.

나는 어깨를 으쓱했다. 엄마는 이야기를 이어 갔다.

"다른 팀들이 체험 학습을 마치기를 기다리는 동안, 여러분은 점심시간까지 자유 시간을 보낼 겁니다. 그렇지만 누구도 밖으로 나가서는 안 돼요. 알겠죠?"

토마와 나는 자리에서 일어나 벽난로 쪽으로 갔다. 아망다와 파리드도 같이 왔다.

해결책을 찾아보려고 머리를 긁적이는데 토마가 아망다에게 물었다.

"무전기는 네 친구들이 계속 가지고 있어?"

질문을 듣고 아망다가 깜짝 놀라며 말했다.

"응, 그런 것 같아."

"걔네한테 연락을 한번 해 봐야 할 것 같아."

토마가 자기가 좋은 생각이 있다고 설득하려는 듯이 팔꿈치로 나를 쿡 찔렀다.

"잠깐만, 왜 그러려는 건데?"

내가 전혀 납득을 하지 못하고 물어봤다.

"걔네 팀이 공동묘지에 있잖아. 아망다가 조금만 도와달라고 부탁하면 우리 계획이 조금 더 진전할 수 있을지도 몰라."

아망다가 눈썹을 찌푸리며 물었다.

"조금만 도와달라고?"

토마가 답했다.

"응. 걔네한테 팔 번 무덤을 찾아서 뭐가 보이는지 설명해 달라고 부탁해 볼 수 있니?"

아망다는 잠시 말이 없다가 귀 뒤로 머리칼을 넘겼다.

"음…… 응, 확실치는 않지만……."

아망다가 난처해하며 대답했다.

"있지, 부탁이야. 우리를 위해서 물어봐 주면 안 될까?"

토마가 기도하는 것처럼 손을 모으며 물었다.

아망다는 꼭 내 눈 속에서 답을 찾으려는 것처럼 나를 쳐다봤다. 내 심장이 더 빨리 뛰었다. 뺨도 분명 붉어졌을 거다. 그렇지만 그거라면 바깥이 차가웠던 탓으로 돌릴 수 있었다.

"알았어."

마침내 아망다가 한숨을 내쉬며 말했다.

아망다는 그렇게 하고 싶은 마음이 하나도 없는 것 같았지만, 무전기를 빼앗겼기 때문에 우리를 위해서 그렇게 해야 한다고 생각했던 것 같다.

"무전기는 우리 방에 있어."

내가 토마를 보며 말했다.

"네 엄마는 내가 어제 일로 아직은 조금 아플 거라고 생각하실 거야. 내가 방에 올라가서 약 좀 가져와도 되는지 선생님께 물어볼게."

우리는 토끼처럼 재빠르게 멀어지는 토마의 모습을 눈으로 뒤쫓았다. 그리고 토마를 기다리며 조용히 아무 말도 하지 않고 난로 앞에 옹기종기 모여서 불꽃에다 손을 데웠다. 토마가 엄마에게 갔을 때, 나는 잽싸게 고개를 돌려서 엄마가 끄덕이며 허락하는 모습을 봤다. 토마가 돌아오기를 침착하게 기다렸다. 이 어색한 분위기를 깨고 아망다에게 뭐라도 말을 걸고 싶었다. 이 거북한 침묵을 가시게 할 만한 이야기라면 뭐든지 좋았다. 그렇지만 머리가 전혀 돌아가지 않았다. 파리드가 있어서 그런 건지 토마가 없어서 그런 건지는 알 수 없었다……. 아니면 내 소심함이 튀어나와서 그랬을지도 모른다. 수학여행 동안에 몇 번이나 이 소심함과 맞서 싸웠는데도 이겨 내기가 쉽지 않았다.

토마가 무전기를 들고 돌아오자 그제야 나는 안심이 됐다. 토마는 아망다에게 무전기를 내밀며 다시 한 번 간청했다.

"그런데 걔네한테 뭐라고 하면 돼?"

아망다가 물었다.

"팔 번 무덤에 뭐가 있는지 설명해 달라고 물어봐 줘. 걔네가 너한테 왜 그러냐고 물어보면, 그냥 나중에 만나서 설명해 주겠다고만 해. 글쎄, 나야 잘 모르겠지만 걔네는 네 친구들이잖아, 안 그래? 사소한 부탁 정도는 할 수 있지?"

아망다가 무전기를 집어 들고 버튼을 눌렀다. 몇 초 동안 아무 말이 없어 순간 아망다가 부탁을 들어주지 않으려나 싶었지만, 곧 운을 뗐다.

"케빈? 로빈? 너희 무전기 가지고 있어? 나 아망다야."

한참 동안 스피커가 잠잠하다가 치직거리는 소리와 함께 대답이 들렸다. 잡음 때문에 알아듣기가 힘들었다.

"아망……다? 여-기-기-기는 로빈이야……. 무슨 일

120

이야?"

내가 큰맘 먹고 속삭였다.

"조금 더 탁 트인 곳으로 가 봐. 신호가 더 잘 잡힐 거야."

우리 모두 천천히 아망다 뒤쪽으로 움직였다. 치직거리는 소리가 조금 더 잠잠해졌고, 아망다는 대화를 다시 이어 갔다.

"너희 지금도 공동묘지에 있어?"

여자아이들 여러 명이 한꺼번에 말했다.

"안녕, 아망다! 그 범생이들하고는 어때?"

아망다가 미안해하는 기색으로 우리를 쳐다보고는 대답했다.

"그럭저럭…… 너희 지금도 공동묘지야 아니면 다른 데야?"

다시 로빈이 받았다.

"어, 공동묘지인데, 여기엔 진짜 아무것도 없어. 게다가 점점 추워진다니까. 발가락에 감각이 없어."

아망다가 잠시 말을 멈추고 심호흡을 하고 이야기했다.

"부탁할 게 하나 있어서⋯⋯. 혹시 팔 번이라고 쓰인 무덤 보면 거기에 정확히 뭐가 보이는지 알려 줄 수 있어?"

잠시 침묵이 감돌다가 로빈의 웃음소리가 무전기에서 터져 나왔다.

"어, 어, 어! 뭐야, 이 희한한 부탁은? 그 체스 두는 아가씨들이 너한테 뇌 수술이라도 한 거야, 뭐야?"

토마가 주먹을 움켜쥐는 모습이 눈에 들어왔다.

아망다가 눈 하나 꿈쩍하지 않고 대답했다.

"그런 거 아니야! 답을 채워 넣어야 해서 그래⋯⋯. 선생님이 우리한테 문제를 냈거든. 점수 잘 받으려면 그걸 알아야 돼."

아망다가 우리를 쳐다보며 어깨를 높이 치켜들었다.

"응? 알려 주면 나한테 뭐 해 줄 건데?"

아망다는 전혀 당황하지 않고 내가 익히 알고 있는 권위적인 말투로 로빈에게 대답했다.

"자, 잘 들어. 나는 너한테 부탁을 했고, 네가 안 들어주고 싶다 해도 어차피 별일 아니야. 이따 저녁에 봐. 자, 안녕."

또 다시 묵직한 침묵이 감돌았다. 그러고는 로빈의 걸걸한 목소리가 무전기에서 흘러나왔다.

"그래, 알았어, 걱정하지 마! 그 무덤 앞에 가면 알려 줄게."

"고마워."

아망다가 무미건조하게 답했다.

토마가 미소를 지으며 팔을 공중에 뻗었고, 아망다는 토마와 하이파이브를 했다. 아망다는 나를 돌아보며 나도 똑같이 하이파이브를 하기를 기다렸다. 내 손바닥과 아망다의 손바닥을 가볍게 마주쳤다. 기나긴 전율이 흘렀다. 파리드도 우리와 함께 하이파이브를 했고, 우리는 모두 활짝 웃음을 지었다.

십 분 뒤, 탁자에 둘러앉아 이런저런 이야기를 나누고 있는데 무전기가 치직거렸다.

"아망다, 아직 거기 있어?"

아망다가 무전기를 탁자 한가운데에 놓았다. 우리 모두 그 주위로 모여들었다.

"응, 응."

아망다가 대답했다.

"우리 팔 번 무덤 앞에 와 있어. 뭘 알고 싶은 거야?"

배가 당겨 왔다. 목표물에 아주 가까워졌다.

아망다가 조금 당황하면서 나를 쳐다보고는 어깨를 으쓱하며 로빈에게 대답했다.

"나도 몰라, 그냥 보이는 대로 말해 줘."

"돌에 뭐가 쓰여 있어."

나는 숨을 참았다. 심장이 점점 빠르게 뛰었다.

"그래, 나한테 읽어 줘."

"응······ 알았어······. '보물에 너무 가까이 다가가는 자를 조심하라, 밤의 식인귀'라는데?"

17장

—

'보물에 너무 가까이 다가가는 자를 조심하라, 밤의 식인귀.'

나는 이 구절을 머릿속에서 수십 번 되뇌었다. 공동묘지에서 나타났던, 토마와 내가 보았던 거대한 그림자를 다시 떠올렸다. 나는 토마를 쳐다봤다. 우리는 아무 말을 하지 않고도 서로의 생각을 이해했다.

파리드가 말을 꺼냈다.

"이건 힌트라기보다는 꼭 경고문 같은데."

맞는 말이었다. 나도 이상하다는 생각이 들었다.

일기예보는 틀리지 않았다. 눈이 엄청나게 쏟아져 내렸다. 마치 가게에서 파는 스노우볼 안에 렌 르 샤토 마을이 갇힌 것 같았다. 토마와 나는 로빈이 전한 메시지 속에 뭐라도 암호가 숨어 있는지 해독해 보려고 종일 애를 썼다. 아망다도 조금은 거들어 줬고, 그러다 자기 친구들이 있는 팀이 이제는 너무 심하게 더워진 식당으로 돌아오자 우리 곁을 떠났다. 이번에는 양해를 구했다. 더 이상 우리에게 도움을 줄 수 없을 것 같으니 차라리 친구들한테 가겠다고 이야기했다. 토마는 무전기를 되찾아 와 달라고 부탁했고, 아망다는 한번 시도해 보겠다고 약속했다.

저녁이 되었다. 저녁식사를 한 다음 자유시간이 되자 토마와 나는 마지막으로 보물의 수수께끼를 풀기 위해 방으로 들어갔다. 무덤에 쓰인 글귀와 일치하는 것이 있을까 싶어 라틴어로 된 문구를 다시 살펴보았지만 아무것도 찾아내지 못했다. 발을 뗄 때마다 막다른 길에 닿는 느낌이었다.

"어떻게 이럴 수가 있어!"

내가 갑자기 외쳤다. 종이에다 글귀를 수도 없이 쓰고 있던 토마가 깜짝 놀랐다.

"뭐가?"

"이 글귀랑 짝이 맞는 게 아무것도 없잖아. 양피지가 우리를 이 무덤으로 인도한 거니까 그렇다면 새로운 암호를 발견해야 하는 건데."

"어쩌면 보물이 바로 그 무덤에 있는 걸지도 몰라⋯⋯."

나는 자세를 똑바로 고쳐 앉고는 한참을 가만히 있었다.

"우리가 가서 확인해 봐야 할까?"

내가 토마에게 물었다.

"돌로 된 판이나 그런 게 있을 거 같은데. 분명 엄청나게 무거울 거야. 우리 둘이서는 절대로 못할걸!"

"네 명이라면 어떨까, 파리드랑 아망다랑 한다면?"

"잘 모르겠는데."

토마가 턱을 긁적거리며 답했다.

"그냥 구멍만 파면 되잖아! 손전등을 들고 있던 거인도 손에다 삽을 쥐고 있지 않았어?"

"그러네!"

토마는 꼭 우리가 벌써 보물을 발견하기라도 한 것처럼 소리를 질렀다.

내가 뭔가 말하려는 찰나 문에서 작은 노크 소리가 세 번 들렸다. 그러고는 천천히 문이 열렸다.

아망다였다. 아망다를 보니 엄청난 아이디어가 떠올랐다. 그리고 아망다에게 손짓을 하며 들어오라고 했다. 아망다는 난감한 기색이었다. 당혹스러워 하면서 얼굴을 찌푸렸다.

"미안해, 올리. 네 무전기를 가져오지 못했어. 로빈이랑 케빈이 바보처럼 굴면서 내가 무슨 말을 하는 건지 못 알아듣는 척을 해서 말이야……."

"신경 쓰지 마. 결국에는 돌려줄 거야."

나 스스로도 확신이 서지 않았지만 나는 아망다를 안심시키고 싶어서 이렇게 대답했다.

아망다는 한참 동안 말이 없다가 마침내 침묵을 깨고 말했다.

"너희는 뭐 해?"

"네 친구들이 무덤에서 찾아낸 메시지를 해독하려고

하고 있어."

아망다의 눈빛에 호기심이 감도는 게 보였다. 아망다가 다가와서 내 침대 위에 앉았다.

"진전이 있어?"

아망다가 물었다.

"딱히 없어."

토마가 생각에 잠긴 채 대답했다.

"로빈이 너한테 이야기해 줬다는 내용이 의심스러워지기 시작하는데…… 들어맞지가 않거든."

"로빈이 왜 굳이 나한테 거짓말을 하겠어?"

아망다가 눈썹을 찌푸리며 말했다. 살짝 언짢아하는 분위기였다.

나는 공중으로 팔을 치켜들며 어깨를 으쓱했다.

"모르겠어. 아망다, 네 생각은 어때?"

아망다는 손으로 머리칼을 쓸어 넘기며 내 이야기를 분석하는 것처럼 자세를 바로 세웠다.

아망다가 답했다.

"뭐…… 어쩌면 네 말이 맞을지도 모르지. 그렇지만 만약 그게 사실이라면 그걸 확인할 방법은 한 가지뿐

이야.”

“그 방법이 뭔데?”

내가 궁금해하며 물었다.

“우리가 직접 공동묘지로 가서 팔 번 무덤에 실제로 뭐가 숨어 있는지 확인해 보는 거야.”

아망다의 말이 머릿속에서 불꽃놀이처럼 터졌다. 아망다가 맞았다. 우리 눈으로 직접 무덤을 봐야 했다. 나는 자리에서 일어나 창가로 갔다. 마을 전체가 하얗고 묵직한 이불을 덮고 잠들어 있었다. 오른편으로는 공동묘지로 들어가는 조그만 입구가 눈 양탄자에 덮여 있었고, 눈에 들어오는 무덤 몇 개는 꼭 그저 솜으로 덮인 혹처럼 보였다. 나는 자리로 돌아와 모두에게 이야기했다.

“난 저기로 가 볼 거야. 지금.”

토마가 소리쳤다.

“뭐라고? 깜깜한 밤이잖아!”

“네가 간다면 나도 같이 갈래.”

아망다가 끼어들었다.

나는 미소를 감췄지만 아망다는 내 눈길에 감도는 생기를 알아챘다. 아망다가 알아본 거다.

아망다가 한마디 더 보탰다.

"현관 근처에 못에다 손전등을 여러 개 걸어 둔 걸 봤어. 원한다면 지금 당장 출발할 수도 있어."

아망다의 확고한 모습을 보니 기뻤다. 아망다는 모험을 향한 내 갈증을 다시 부추겼다. 나는 도전에 나설 준비가 됐다. 아망다와 함께 도전하고 싶었다.

"좋아."

내가 대답했고, 아망다가 미소를 지으며 화답했다.

토마가 자리에서 일어나 침대 머리맡에 있는 탁자에 놓아 둔 무전기 쪽으로 걸어갔다.

"그러면 이걸 가져가. 나는 여기 창가에서 망을 볼게."

토마는 이렇게 말하며 우리에게 무전기를 건네줬다.

"그렇지만 다른 무전기 하나는 로빈네 애들한테 있는걸."

내가 대꾸했다.

"그건 내가 처리할게! 너희가 공동묘지 울타리에 닿기도 전에 내가 무전기를 되찾아 오고도 남을 거야."

내가 말했다.

"알았어. 선생님들이 점호를 하러 방을 확인할 테니

까 그 직후에 아래층에서 만나자. 어때, 아망다? 외투 같
은 거 다 챙겨서 안 들키고 나올 수 있겠어?"

아망다가 고개를 끄덕이며 그렇다고 답했다.

"나는 샤를로트랑 같은 방 쓰고 있어. 샤를로트는 불
을 끄면 귀에는 귀마개를 끼고, 눈에는 안대를 하고, 몇
초면 깊은 잠에 빠져. 내가 옷 입는 소리도 못 들을걸."

"그렇다면 보물은 우리 거네!"

토마가 외쳤다.

18장

—

나는 현관에서 초조하게 발을 동동 굴렀다. 아망다가 이야기한 대로 현관에 손전등이 있었다. 잠에 빠진 검디검은 마을 안에서 우리가 움직일 수 있게 도와줄 도구를 진즉에 챙기고는 아망다를 기다렸다.

계단 몇 개가 삐걱거리는 소리가 들렸다. 잠시 긴장했지만 그 발소리는 무척 조심스러웠기 때문에 아망다라는 사실을 바로 알 수 있었다. 아망다는 얼마나 신이 났는지 환한 웃음을 지으며 내게로 다가왔다. 나도 미소로 화답했다.

"준비됐어?"

내가 아망다에게 속삭이자 아망다는 신중하게 고개

를 끄덕여 답했다.

　나는 문을 열었다. 추위가 안으로 밀려들어왔다. 이 모험이 즐거울 리는 없었지만 이 모험의 아망다와 함께한다는 이유 하나로 이 모험의 모든 힘든 점들을 거뜬히 넘길 수 있었다.

　운이 좋게도 눈은 완전히 그쳐 있었다. 그렇지만 기온이 따뜻해진 것은 아니었다. 우리는 처음 몇 미터는 아주 빠르게 움직였지만 눈이 두껍게 쌓여 있어서 발걸음이 갈수록 느려졌다.

　주의를 기울여야 했기 때문에 나는 손전등을 잠깐만 켰다가 다시 껐다. 우리가 나아갈 길을 기억해 뒀다가 몇 발자국씩 걸었다. 어둠이 음침하고 차가운 수의처럼 우리 둘 사이를 감쌌다.

　눈이 너무 많이 쌓여서 쇠창살로 만든 공동묘지 현관문이 열리지 않았다. 창살을 타고 올라가야 했다. 아망다는 여유롭게 움직였고, 그 모습을 보니 즐거운 추억이 떠올랐다. 일 년 전, 낡은 차고 벽을 손쉽게 타고 넘으며 내게 크나큰 놀라움을 주었던 닌자를 다시 만난 기분이었다.

종아리까지 눈이 쌓여 있었다. 아망다는 눈이 신발 속으로 들어오지 않도록 두터운 양말을 바지 위로 끌어당겨야 했다. 그저 눈 덮인 혹으로밖에 안 보이는 첫 번째 무덤으로 다가갔다. 마치 버려진 조그만 이글루 같았다.

아망다가 외투 옷소매로 눈을 털었다. 그렇게 드러난 표면에다 손전등을 비추자 숫자를 알아볼 수가 있었다.

"일."

내가 아망다에게 말했다.

"이게 첫 번째 무덤이네. 너도 봤겠지만 무덤을 격자 모양으로 배치해 뒀어. 이 번 무덤을 찾아보자. 그러면 어디로 가야 할지 알 수 있을 거야."

아망다는 이번에도 아무 말 없이 고개를 한 번 끄덕였다. 눈에 비친 손전등 빛이 부드럽게 밝힌 아망다의 얼굴은 세상에서 가장 심각해 보였다.

우리는 공동묘지 안쪽으로 조금 더 나아갔다. 그리고 숫자 2가 쓰인 무덤을 찾아냈다.

갑자기 날카로운 소음이 밤의 적막을 찢었다. 아망다는 비명을 참았다. 나도 깜짝 놀랐다. 차가운 땀이 등을 따라 방울방울 흘러내렸다.

무전기 소리였다.

나는 서둘러 외투 안으로 손을 집어넣어 음량을 조절하는 버튼을 눌렀다. 그리고 잠시 후 스피커 너머로 토마의 조그만 목소리가 들렸다.

"잘됐다, 이제 연락을 주고받을 수 있게 됐어! 너희는 괜찮아?"

"목표물에 다가가고 있어."

내가 속삭이며 답했다.

로빈과 케빈한테서 어떻게 무전기를 되찾아 왔는지 물어보고 싶었지만 우리는 최대한 들키지 않도록 조심해야 했고, 시간도 충분치 않았다.

팔 번 무덤이라고 생각한 곳에 도착하자 아망다가 앞으로 두 팔을 뻗어 무덤에 쓰인 말을 꼼꼼히 뜯어볼 수 있도록 눈을 걷어냈다.

손전등이 숫자 8을 비췄다. 묵직한 돌판 끄트머리에 새겨진 숫자였다.

"눈을 치울 수 있게 나 좀 도와줘."

아망다가 소리를 낮추며 말했다.

나는 발치에 손전등을 내려두고 손전등이 우리 쪽을 비추도록 방향을 조정한 다음 아망다가 눈을 치우는 것을 도왔다.

눈을 전부 치우는 데는 고작 몇 분 정도밖에 걸리지 않았다. 게다가 눈을 치우느라 몸에도 조금 열이 올랐다. 손전등을 다시 집어 들고 무덤을 밝혀서 조금 더 가까이 살펴보려는데, 무전기가 치직거리며 다시 토마 목소리가 들렸다.

"거인이야! 거인이 너희한테 다가가고 있어. 공동묘지 반대편 문으로 들어왔어!"

심장이 튀어 올랐다. 급하게 손전등을 껐다. 아망다가 내 쪽으로 몸을 던졌다. 우리는 반대쪽으로 향했다. 무덤의 묘비 뒤쪽, 새로 쌓인 눈 속으로 우리 둘의 몸이 쓰러졌다.

나는 완전히 내 위로 쓰러진 아망다와 얼굴을 맞대게 됐다. 내 심장박동이 빨라지는 걸 분명 아망다도 느꼈을 거다. 아망다가 내 위에 쓰러졌다는 난처함과 거인이 우리를 찾아낼 수도 있다는 두려움이 뒤섞였다.

발자국 소리가 우리 쪽으로 가까워졌다. 우리는 어떻

게든 호흡을 가다듬으려고 애를 썼다. 눈 속을 차갑게 미끄러지는 소리가 완전히 가까워지자 우리는 숨을 크게 들이마시고는 최대한 오랫동안 숨을 참았다.

발걸음이 느려지다가 멈췄다. 거인이 묵직하게 내쉬는 숨소리를 들을 수가 있었다.

갑자기 주변에 노란색 손전등 빛이 비췄다. 손전등이 만들어 내는 후광이 거인 주위를 에워싸고 있었다. 아망다의 얼굴도 살짝 빛을 받았고, 아망다가 얼굴을 찌푸린 채 눈꺼풀을 굳게 닫고 있는 모습이 눈에 들어왔다. 꼭 고통스러워하며 소리 없이 고함을 지르는 것 같았다.

거인은 우리와 겨우 몇 미터 떨어진 곳에 있었다. 거인의 그림자를 건드릴 수도 있을 법한 거리였다. 거인은 그렇게 서서 손전등 빛으로 공동묘지 구석구석을 비췄다. 그 순간이 영원히 계속되는 것만 같았다. 그렇지만 우리는 눈 속에 거의 다 파묻혀 있다시피 했고, 커다란 묘비는 우리가 보이지 않도록 막아 줬다.

영원 같은 시간이 지나고 거인은 다시 우리에게서 천천히 멀어졌다. 아망다가 숨을 내뱉었다. 달착지근하고 따뜻한 입김이 내 얼굴을 스치는 것이 느껴졌다. 우리

입술 사이를 가르는 것은 불과 몇 밀리미터짜리 공기 한 줌이었다. 그러다가 이제는 위험에서 벗어났다는 생각이 들자 아망다가 고개를 돌리고 옆으로 내려갔다.

"미안해, 너무 무섭지 않았어?"

아망다가 조그맣게 이야기했다.

나는 고개를 저었다. 모자 속으로 눈이 흘러들어 왔다. 우리는 다시 살살 몸을 일으키고는 옷을 털었다.

거인은 보이지 않았다. 이미 멀어진 것 같았다……. 아니면 그저 손전등을 끄고 우리가 돌아가는 걸 기다리면서 어둠 속에 숨어 있을지도 몰랐다.

우리는 무덤 주위를 빙 돌아가 그 앞에 섰다. 손전등으로 돌을 비추자 굵직하게 새겨진 문양이 눈에 들어왔다.

"이럴 수가! 너도 보여?"

아망다가 속삭였다.

내가 분해하면서 대답했다.

"응. 새겨져 있던 내용이 사라진 것 같은데."

19장

—

우리는 실망하고 지친 채로 무덤 앞에 가만히 서 있었다. 꽤 오래 그렇게 서 있었던 것 같다. 다시 살을 에는 추위가 찾아왔다.

"자, 돌아가자."

내가 앞에 나 있는 길을 밝히며 차분한 목소리로 말했다.

우리는 왔던 길을 되돌아갔다. 우리가 돌아서는 모습을 보고 토마가 무전기로 말을 걸었다.

"어땠어?"

"아무것도 안 새겨져 있었어. 단 하나도. 이따 가서 이야기해 줄게."

나는 조금은 냉랭하게 답했다.

"알았어."

쇠창살 위에 이르러서 보니 주변에 있는 눈이 치워진 게 눈에 들어왔다. 분명 거인의 짓이었다.

머리 위에 드리운 소나무 가지 사이로 바람이 불었다. 눈송이가 우르르 쏟아지며 손전등 불빛 속에서 춤을 췄다.

갑자기 저 멀리 돌로 만든 조각상 뒤편에서 주황색 불이 어둠을 뚫고 나왔다. 그리고 하얀 바닥 위로 검고 거대한 형체가 몸을 일으켰다. 나는 곧바로 아망다의 손목을 붙들었다.

아망다는 비명을 내뱉었고, 우리는 달리기 시작했다.

"아, 하, 하, 하!"

크게 울려 퍼지는 불분명한 웃음소리. 거인의 무시무시한 웃음소리였다.

거인이 우리를 쫓아왔지만 우리가 훨씬 더 빨랐다. 건물 입구까지 몇 미터만 더 가면 됐다. 어깨 너머를 흘 끗 쳐다봤다. 우리를 추격하는 거인은 훨씬 힘겹게 움직이고 있었다. 부상을 당했거나 아니면 미끄러운 땅바닥에서 다리를 움직이는 게 버거운 것처럼 발을 질질 끌고 있었다. 우리가 이용할 수 있는 기회였다. 나는 한층 속도를 높였고, 아망다도 내 뒤를 따라왔다

건물 현관에 도착하자 일 층 창문에서 불빛이 새어 나오는 게 보였다. 그리고 숨을 헐떡이며 문을 여니 커다란 응접실이 환하게 밝혀져 있다는 걸 알게 됐다.

우리 앞에는 나이트가운을 걸친 우리 엄마와 다른 선생님 두 명이 팔짱을 끼고 눈썹을 찌푸린 채 서 있었다.

"어디 갔었니?"

엄마가 소리쳤다.

우리는 잠시 동안 아무 말을 할 수 없었다. 숨이 턱 끝까지 차올랐다. 그렇지만 무슨 말을 하든 벌을 피할 수 없다는 사실은 잘 알고 있었다.

이 소리에 벌써 몇몇 학생들이 기웃거리고 있었다. 계단 위쪽으로 얼굴 몇 개가 튀어나오는 게 보였다. 토마 얼굴도 있었지만 로빈 얼굴이랑 아망다랑 어울리는 여자아이들 얼굴도 있었다. 나는 아망다를 쳐다봤다. 아망다는 부끄러워서 얼굴이 빨개져 있었다.

우리가 변명을 하기도 전에 엄마가 고함을 쳤다.

"어서 방으로 돌아가! 내일 아침에 식사도 하지 말고 여기서 딱 기다려라. 그러면 어떤 벌을 받을지 알려 줄 테니까."

나는 땅바닥으로 눈을 떨궜다. 모여 있는 아이들 몇몇이 소리 죽여 웃는 소리가 들렸다.

아망다와 나는 아무 말 없이 각자의 방으로 느릿느릿 올라갔다. 놀리는 소리, 웃음소리, 야유하는 소리가 점점 더 커지자 우리 엄마는 모두 조용히 하고 다시 침대로 가라고 소리를 질렀다.

나는 잠옷을 입고 이불 속으로 들어갔다. 심장이 묵직하게 내려앉았고 목이 답답했다.

토마가 불을 끄고 나서는 내게 속삭였다.

"야, 신경 쓰지 마. 분명 별거 아닌 벌일 거야."

"그것 때문이 아니야, 톰."

"그러면 왜 그러는 건데?"

"그 팔 번 무덤 때문에 그래……. 글귀가 다 사라졌어."

"분명 그것 때문에 그 누구도 보물을 찾아내지 못했을 거야, 안 그래?"

"지금으로서는 그렇다는 확신이 들어."

"소니에르 수도원장이 예배당에서 양피지를 찾아낸 다음에 공동묘지에서 한참 시간을 보냈다고 너희 엄마가 말씀하지 않으셨어?"

나는 자세를 고쳐 잡았다. 다시 호기심이 치밀었다.

"그래! 그거야! 소니에르 수도원장은 분명 양피지의 암호를 해독하고, 팔 번 무덤으로 가서 뭔지는 몰라도 무덤에 쓰인 것을 보고는 보물에 관한 흔적을 하나도 남기지 않으려고 그걸 지웠을 거야!"

갑자기 침묵이 방 안을 가득 채웠다. 그리고 잠시 시간이 지난 뒤 토마가 침묵을 깼다.

"그러면 우리한테 있는 유일한 실마리는 여기서 끝인 건가?"

내가 대답했다.

"그럴까 봐 겁이 나는데. 분명히 비밀을 알고 있을 유일한 한 사람한테서 정보를 얻어 내지 않는 이상은 더 알 수 없을 거야……."

"그게 누군데? 마을 사람이야?"

"거인이야. 거인이 팔 번 무덤 주위를 맴도는 거라면 분명 무언가를 알고 있을 거야."

토마가 침을 꿀꺽 삼키며 이불 속으로 파고들었다.
나도 똑같이 이부자리로 파고들며 잠을 청했다.

20장

—

아망다와 나는 심하게 꾸지람을 들었다. 우리 엄마가 여태껏 그렇게 화를 내고 실망하는 모습은 본 적이 없었다. 아침식사를 한 다음 우리는 소니에르 수도원장의 오래전 생활관에 따로 남아 각자 숙제를 받았다. 당연한 이야기지만 서로 답을 베낄 수 없도록 서로 다른 숙제를 받았다. 각자 알아서 해야 하는 숙제였다. 아망다는 지리 문제를 풀었고, 나는 역사 문제를 풀었다.

우리는 일 층에서 가장 큰 방 끝과 끝에 떨어져 앉게 되었다. 선생님들이 자리를 뜨자 나는 아망다를 쳐다봤다. 아망다가 마음을 터놓고 웃음을 터뜨려서 나도 아망다를 따라서 웃었다. 갑자기 마음이 훨씬 가벼워졌다.

내 쪽지 시험 점수는 분명 형편없겠지만 상관없었다. 오늘 한나절 넘게 아망다와 함께 시간을 보낼 테니까. 그리고 나 때문에 이렇게 되었다며 탓하는 기색은 아망다한테서 전혀 느껴지지 않았다.

"너는 무슨 내용이야?"

방 저쪽 끝에서 아망다가 말했다.

"음……. 나폴레옹 1세에 관한 거야. 글이 있긴 한데……. 하나도 모르겠어."

또 한 번 웃음이 터져 나왔다.

"걱정 마. 나도 똑같아. 지리는…… 하나도 모르겠어."

"이번 학기 성적 평균은 제대로 떨어지겠어."

내가 말을 보탰다.

"꼭 내 점수도 별로라는 것처럼 말한다."

아망다가 뾰로통한 얼굴로 대답했다.

갑자기 익숙한 소리가 건물에 감돌던 적막을 깨뜨렸다. 나는 소스라쳤다. 무전기가 치직거리는 소리 같았다. 아망다가 크게 씩 웃으면서 두툼한 윗옷 안주머니에서 무전기를 꺼냈다.

토마의 목소리가 울려 퍼졌다.

"안녕, 친구들! 오늘 체험 학습에서는 어떤 일이 벌어질지 아직은 모르겠지만 그 보물에 관한 이야기를 조금 더 알게 되면 소식을 전할게."

"좋아!"

우리가 입을 맞춰 대답했다. 곧 다시 침묵이 찾아왔다.

아망다는 시험지 위로 고개를 숙이고 눈썹을 찌푸렸다. 나는 제시문을 열 번쯤 읽고 또 읽었다. 무슨 말인지 반절도 이해할 수가 없었다.

몇 분 동안 바짝 집중하다가 아망다가 다시 내게 말을 걸었다.

"너한테 미안하다고 이야기하고 싶었어. 그러니까 요즘에 내 행동 말이야……."

"신경 쓰지 마, 괜찮아."

내가 고개를 저으며 답했다.

"유급을 하다 보니까 힘들었거든……. 친구들도 전부 잃었고. 그리고 부모님이랑도 잘 지내지 못해."

아망다가 이야기를 멈췄다. 말이 목에 걸렸다.

"내가 장담하는데, 괜찮아. 다 이해해."

나는 아망다를 안심시키려고 해 봤다.

아망다는 미소를 짓고는 잠시 가만히 있다가 다시 말을 이어 갔다.

"샤를로트랑 사만다가 질 나쁜 애들이라는 건 알지만, 글쎄, 잘 모르겠어……."

아망다는 눈을 감고 손으로 금발을 쓸어 넘겼다. 나는 아망다가 마저 이야기하도록 가만히 있었다.

"이번에 수학여행을 오면서 그 애들의 진짜 모습을 봤어. 그 애들은 그냥 남자애들 앞에서 장난만 치려고 하고, 어떨 때는 정말로 잔인하게 굴기도 해. 나는 친구라고 생각했었는데……. 무덤에 대해 왜 거짓말을 했던 걸까?"

"그 애들은 그냥 가볍게 생각했을걸. 그 애들이 놀리려던 건 토마랑 나지, 너랑은 전혀 상관없을 거야. 나처럼 해 봐. 너무 많이 생각하지 않는 거야."

"네가 어떻게 그렇게 행동할 수 있는지 모르겠어."

"솔직히 이야기하자면 나는 톰을 본보기로 삼으려는 편이야. 토마는 그 누가 놀려도 아랑곳하지 않거든."

"네 말이 맞아. 토마는 온갖 일이 벌어져도 걱정하지

않고 그냥 자기가 원하는 대로 살잖아. 다른 사람들 시선 때문에 주눅들지도 않고 말이야. 어쩌면 토마가 제일 행복한 사람일걸!"

"이렇게 풀 수도 없는 쪽지 시험을 받은 우리랑 비교한다면 당연히 그렇겠지……."

아망다가 다시 웃음을 터뜨렸다. 아망다의 반짝이는 눈빛을 보니 정신이 아찔해졌다. 나는 다시 숙제에 골몰했고, 아망다도 똑같이 숙제를 했다.

벌써 몇 줄을 써내려가고 있는데, 무전기에서 다시 토마 목소리가 흘러나왔다.

"야! 너희 내 말 못 믿을 거야. 이 숙소 주인 플랑타르 씨 있잖아, 몰래 그 사람을 보러 갔는데 자리에 없는 거야. 그래서 그 사람 사무실에 들어갔거든."

아망다와 나는 눈이 휘둥그레졌다. 나는 서둘러 아망다 쪽으로 갔다. 우리는 토마의 말을 마저 들었다.

"사무실 안을 둘러보고 조금 뒤져도 보다가 벽에 걸린 액자에 담긴 사진을 우연히 봤어."

토마가 아무 말이 없어서 내가 보챘다.

"그래서?"

"가정부, 일꾼들이랑 같이 공동묘지에 있는 베랑제 소니에르를 찍은 흑백 사진이 있었어. 팔 번 무덤 앞에 서 있더라고."

심장이 마구 날뛰었다. 아망다가 시선을 올려 나를 쳐다봤다.

"뭐 좀 봤어?"

내가 소리치다시피 하며 말했다.

"아니, 그게, 사진 속에 있는 사람들 때문에 잘 보이지는 않았는데 무덤에 무슨 글귀가 새겨져 있던 건 거의 확실해."

"그러니까 글귀를 없애기 전에 찍었던 사진이라는 거야?"

"맞아. 비슷한 사진이 어제 우리가 갔던 소니에르 수도원장의 생활관에 전시되어 있었던 것도 같아. 다시 그 생활관으로 갈 방법만 찾을 수 있으면 좋을 텐데……."

"우리가 지금 거기에 있어! 쪽지 시험을 봐야 해서 생활관에 있거든."

내가 소리치자 아망다가 깜짝 놀랐다.

"진짜? 그러면 얼른 봐 봐! 사진을 전부 다 살펴보고

151

공동묘지에서 찍은 게 있는지 찾아봐. 운이 좋다면 무덤에 새겨진 글씨를 알아볼 수 있는 사진을 찾을 수도 있을 거야."

기발한 생각이었다. 내 친구가 자랑스러웠다.

"자, 그럼 친구들, 사무실 뒤쪽에 방이 또 하나 있거든. 나가기 전에 거기도 한번 둘러보고 올게."

토마가 이렇게 이야기하고는 연락을 끊었다.

나는 아망다를 향해 고개를 들고는 어깨를 으쓱했다.

"사진은 위층에 전시되어 있는데, 어떡할까?"

아망다가 내게 물었다.

"따질 게 있겠어? 가 보자!"

내가 활짝 웃으며 답했다.

"쪽지 시험은 어떡하고?"

"하루 온종일 매달려도 더 쥐어짜낼 것도 없어. 점수는 포기해야지, 뭐."

"그러면 난 올해도 또 망치게 된다고."

아망다가 표정을 찌푸리며 대꾸했다.

"너만 괜찮다면 내가 수학 공부하는 걸 도와줄게. 우리 서로 맞은편에 사니까 편할 때 와도 돼."

대체 어쩌다가 그런 말이 튀어나왔는지는 모르겠지
만 아망다의 눈빛이 반짝이는 것 같았다. 그리고 아망다
가 내 뺨에 입을 맞췄다. 목덜미에 전율이 흘렀다. 전기
가 통하는 것처럼 찌릿찌릿했다.

"가 보자!"

아망다가 외쳤다.

우리는 서둘러 위층으로 올라가 서로 다른 방으로 흩
어져 수색했다. 전시된 마네킹 앞을 다시 지나가는데,
점점 더 익숙한 기분이 들었다. 마네킹을 두 번째로 봐
서 그런 건지 아니면 다른 이유가 있는 건지는 알 수 없
었지만…….

우리는 사진 하나하나를 이리저리 뜯어봤다. 액자 유
리에 코가 찰싹 달라붙을 지경이었다. 몇 분이 지나 토
마가 설명했던 것과 비슷한 사진을 드디어 마주쳤다. 베
랑제 소니에르가 미소를 지으며 삽을 든 어느 인부의
어깨 위에 한쪽 팔을 올리고 있었다. 그리고 두 사람 옆
에는 가정부가 조금 난처해하는 기색으로 서 있었다. 그
사이에 팔 번 무덤이 있었다. 그리고 묘비에 글씨가 새
겨져 있었다.

"아망다! 이리 와서 봐 봐!"

내가 소리치자 아망다가 내 쪽으로 달려왔다.

사진은 깨끗했다. 글귀를 똑똑히 알아볼 수 있었다.

검은 이미 빼들었다.

비밀을 지키고자 적을 향해 돌진한다.

21장

—

정오가 되기 조금 전, 엄마가 시험지를 걷으러 왔다. 아망다와 나는 별다른 진전이 없었다. 우리가 한 숙제는 처참할 게 분명했다. 마지막으로 엄마의 꾸지람을 들은 후에야 우리는 드디어 식사 시간을 기다리고 있는 다른 학생들과 합류할 수 있었다.

돌아가는 길에 토마가 무전기로 연락을 했다. 아망다는 무전기를 항상 외투 속에 숨겨 두고 있었다.

"얘들아, 너희 내가 조금 전에 뭘 알아냈는지 상상도 못할걸! 얼른 이리로 와. 나는 여기 숙소 주인 사무실에 있어. 식당에 딸려 있는 조그만 다락방 같은 곳이야."

아망다가 의문이 가득한 눈으로 나를 쳐다봤다.

"가자!"

우리는 속도를 높이며 토마가 알려 준 곳으로 달려갔다. 식당 근방에 이르러서 건물 외벽을 따라 빙 돌아가자 갑자기 식당 건물 뒤쪽 구석에서 플랑타르 씨의 사무실이 있는 조그만 별채가 나타났다.

아망다가 무전기로 토마에게 연락했다. 토마는 안으로 들어오라고 이야기했다. 우리가 들어가자 토마가 손짓을 했다.

"여기야!"

플랑타르 씨의 사무실은 네모난 방이었는데, 그 한가운데에는 나무 발판 위에 놓인 판자가 있었다. 그 판자 아래는 바퀴 달린 서랍이 있었다. 종이와 서류가 쌓인 채로 내용이 훤히 드러나 있었고, 언제라도 그 무게 때문에 제풀에 쓰러질 것 같다는 인상을 줬다. 벽에는 토마가 이야기했던 그 사진이 보였다. 다른 사진보다 훨씬 크기가 컸다. 분명 플랑타르 씨가 확대한 사진일 거라는 생각이 들었다.

토마가 방 안쪽에 있는 또 다른 작은 문을 열었다. 그리고 우리는 그 조그만 입구로 들어섰다. 작은 채광창이

나 있어서 햇살이 내부를 은은하게 비추고 있었다.

토마가 집게손가락으로 철제 사물함을 가리켰다. 수영장에서 쓰는 것처럼 생긴 사물함이었다. 그리고 그 안에서 토마가 보여 주려던 것이 뭔지 볼 수 있었다. 아망다는 눈이 휘둥그레지고, 놀라서 입이 떡 벌어졌다.

사물함 안쪽 고리에는 크고 색이 어두운 모자가 달린 가운이 매달려 있었다.

내가 소리 질렀다.

"그 거인이 입었던 망토야! 대체 어떻게······."

"그리고 여기도 봐."

토마가 말했다.

아망다와 나는 토마의 손을 따라 시선을 옮겼다. 그리고 사물함의 맞은편 벽에 기대어 있는 나무로 된 죽마 한 짝에 눈길이 닿았다.

"그······ 그 거인이, 플랑타르 씨였어?"

내가 말했다.

"잘 모르겠지만, 너는 어떻게 생각해, 올리? 그 사람은 나보다 조금 클까 말까한 정도지만 만약에 발에다 이런 죽마를 신는다면······."

갑자기 입구 문이 삐걱거리는 소리가 들려서 우리는 소스라치게 놀랐다.

"누가 있어!"

아망다가 속삭였다. 두려움에 얼굴이 일그러져 있었다.

토마가 서둘러 문을 닫았다. 운이 좋다면 조금 전 안으로 들어온 사람이 눈치 채지 못했을 수도 있었다.

우리는 귀를 기울이고 종이가 구겨지는 소리, 서랍을 여는 소리, 헛기침을 하는 소리를 들었다.

"플랑타르 씨야. 목소리를 들으니 알겠어."

토마가 중얼거렸다.

"어떡하지?"

내가 최대한 작은 소리로 물었다.

"여기 계속 박혀 있을 수는 없는데……."

토마가 미처 말을 끝맺기도 전에 아망다가 자기 외투를 벗고는 방 안에 보이는 의자를 채광창 바로 앞에다 옮겼다.

"뭐 하는 거야?"

내가 속삭였다.

"여기서 빠져나가려는 거지!"

아망다는 소매를 걷고, 조그만 채광창을 열었다. 그러고는 인상적일 정도로 수월하게 미끄러지듯이 창틀을 기어 올라갔다. 그리고 열린 창으로 힘겹게 빠져 나갔다. 토마와 나는 그 모습을 보며 아망다처럼 몸이 호리호리해야 저 창문으로 빠져나갈 수 있겠다는 걸 깨달았다. 토마나 내가 똑같이 시도한다면 창문에 몸이 끼고 말 것이라는 사실은 두 말할 것도 없었다.

아망다는 순식간에 모습을 감췄다. 눈 덮인 바닥 위로 아망다가 뛰어내리는 소리가 들렸다.

방 너머에서 가까이 다가오는 발자국 소리가 들리자 가슴이 조여 왔다. 문손잡이가 천천히 돌아가는 것을 보자마자 나는 발을 내밀어 입구를 막았다. 토마는 눈이 커다래진 채 자동차 헤드라이트에 옴짝달싹 못하는 토끼처럼 몸이 굳었다.

손잡이를 오른쪽 왼쪽으로, 또 왼쪽 오른쪽으로 돌리던 플랑타르 씨가 투덜거렸다. 나는 바로 전날 한밤중에 밖에 나갔다는 이유로 막 벌을 받은 참이었다. 만약 플랑타르 씨가 우리를 발견한다면 나는 끝장이었다. 어떤 일이 벌어질지 감히 상상도 가지 않았다. 문을 세게 미는 것이 발에 고스란히 느껴졌다. 오래 버틸 수는 없었다. 플랑타르 씨는 나보다 키가 별로 크지는 않았지만, 그래도 힘이 훨씬 셌다.

갑자기 저 먼 곳에서 사무실 문을 거세게 두드리는 소리가 토마와 나의 귀에 들렸다.

"플랑타르 씨, 플랑타르 씨!"

아망다의 목소리였다.

내 발을 밀어내려던 힘이 마침내 사라지고, 건물 주인이 발을 질질 끌며 멀어지는 소리가 들렸다.

"갑니다, 가요! 소리 지를 것 없어요!"

분명히 알아들을 수는 없지만 드문드문 대화 소리가 귀에 들어왔다. 아망다와 플랑타르 씨가 이야기를 나누는 것 같았다. 심장이 어찌나 거세게 뛰었던지 내 고막을 요란하게 두들기며 주변의 모든 소리를 뒤덮어버릴 지경이었다. 그러고 몇 초가 지나자 더는 아무 소리도 들리지 않았다. 완전한 고요가 찾아왔다. 그저 우리가 헐떡이며 숨을 내뱉는 소리만이 간간이 적막을 깰 뿐이었다.

작은 문을 노크하는 소리가 세 번 들렸다. 그 소리는 조그만 방 안에 크게 메아리쳐서 꼭 방망이로 두들기는 천둥 소리 같았다.

아망다가 문 너머로 이야기했다.

"얼른! 도망쳐! 내 외투도 챙겨오고!"

우리는 당장 탈출했다. 사무실에서 재빠르게 멀어지며 위험에서 벗어났다.

"플랑타르 씨한테 뭐라고 했어?"

내가 아망다에게 물었다.

"아, 별 거 없었어. 부엌에서 요리사가 찾는다고 이야기했거든."

나는 씩 웃었다. 그리고 다리 위에 손을 짚고 자세를 수그린 채 숨을 골랐다. 토마가 내 어깨에 손을 얹었다.

"그나저나, 뭐 좀 찾아냈어?"

"응. 팔 번 무덤에 새겨진 글귀가 찍힌 사진을 찾았지."

내가 대답했다.

토마는 슬며시 뒤로 물러났다. 눈빛에는 호기심이 감돌았다. 토마는 내 입만 바라보면서 전부 알려 주기를 기다렸다.

"음, '검은 이미 빼들었다. 비밀을 지키고자 적을 향해 돌진한다'라고 쓰여 있었어."

내가 어깨를 으쓱하며 말하자 토마가 턱을 긁적이며 대답했다.

"검을 빼들었다고? 어디 보자, 어디 보자……."

"왜 그래?"

아망다가 다가가며 토마에게 물었다.

"뭔가 떠오르는데 말이야, 검이라……."

"얼른 말해 봐!"

내가 참지 못하고 이야기했다.

토마가 팔을 앞으로 뻗으며 손가락으로 한쪽을 가리켰다.

"저쪽 막달라 탑에서 별로 멀지 않은 곳에 기사 조각상이 있어. 말을 타고 검을 빼들고 있는 기사야."

팔다리가 온통 찌릿했다. 목표물에 가까워지고 있었다.

22장

—

아망다, 토마와 함께 나는 소니에르 수도원장의 영토 끄트머리에 있는 막달라 탑 쪽으로 갔다. 우리 뒤편에 있는 식당은 어느새 학생들로 하나둘 차기 시작했다. 어른들은 얼마 안 가 우리가 자리에 없다는 사실을 깨달을 게 분명했다. 저 멀리 수평선 근방에 커다란 먹구름이 깔렸다. 폭풍우가 오고 있었다. 서둘러야 했다.

우리는 토마를 따라 조각상까지 갔다. 토마 말이 맞았다. 새카만 돌로 만든 기사 조각상이었다. 갑옷을 두른 그 기사는 눈에 보이지 않는 적을 공격하는 것만 같았다. 나는 막달라 성을 쳐다봤다. 몇십 미터 뒤에 떨어진 풍경을 배경 삼아 탑의 윤곽이 또렷하게 보였고, 그 순간 머릿속에서 아이디어가 하나 떠올랐다. 어디서나 볼 수 있었던 숫자 64를 다시 떠올렸다. 탑에 있던 바둑판 무늬 바닥에서도, 식당에 있던 커다란 벽난로의 돋을새김 조각에서도, 탑에 만든 방어용 요철에서도 발견할 수 있었던 그 숫자. 그리고 당연히 더 많은 곳에도 있었다. 우리 방에서 공동묘지를 바라봤던 일을 되짚어봤다. 무덤이 배열된 모습이 무척이나 익숙했다. 주변에 있는 모든 것들이 우리에게 어떤 뜻을 전하는 것 같았다. 뭔가 머릿속에서 불꽃놀이처럼 터져오를 것만 같았다.

"맞다! 그거야!"

"뭐가?"

아망다가 궁금하다는 얼굴로 내게 물었다.

"전부 체스잖아!"

아망다와 토마는 눈썹을 찌푸리며 내가 마저 이야기하기를 기다렸다.

"베랑제 소니에르는 보드게임도, 수수께끼도, 머리를 써야 하는 모든 것들을 좋아했다고 우리 엄마가 이야기해 줬잖아. 소니에르 수도원장의 생활관 일 층에 전시되어 있던 마네킹도 체스를 두고 있던 게 기억나! 숫자

64도 체스 판에 있는 네모 칸의 개수야! 공동묘지도 격자 모양으로 다시 배치하려고 손을 봤던 거야. 체스 게임이랑 완전히 똑같이 만들려고 말이야. 그래서 무덤이 육십사 개 있는 거지. 탑도…… 기사도…… 모두 체스 말이잖아!"

토마가 입을 쩍 벌렸고, 아망다가 눈을 찌푸렸다. 둘의 표정은 정반대되는 것 같았지만 똑같은 감정을 전달하고 있었다. 깜짝 놀란 것이다.

토마가 갑작스레 외쳤다.

"네 말이 맞네! 소니에르 수도원장의 생활관에 있던 모형 기억나?"

나는 고개를 끄덕였다. 토마가 무슨 이야기를 하려는 것인지 감이 잡혔다.

"영토가 거의 정사각형이었잖아. 지표면이 전부 바둑판 무늬였지. 검은색, 하얀색 네모 칸이라도 있는 것처럼 보였어."

내가 팔을 번쩍 치켜들며 소리를 질렀다. 목소리를 높여 다시 읊었다.

"아, 그러고 보니! '검은 이미 빼들었다. 비밀을 지키고자 적을 향해 돌진한다'에서 기사가 적을 향해 돌진한다면 움직인다는 뜻이야. 기사는 어떻게 움직이지?"

"알파벳 엘(L)자 모양으로!"

토마가 미소를 지으며 외쳤다.

아망다는 우리 둘이 꼭 외계인이라도 되는 것처럼 쳐다봤다.

"우선 네모 칸을 찾자. 체스 시합을 할 때 기사 말을 움직이는 것처럼 엘 자 모양으로 움직이면 어떻게 될지 시험해 봐야 해. 그렇게 해 보면 분명 새로운 실마리가 숨어 있는 장소를 알게 될 거야."

"아니면 보물이 있는 곳일지도 모르지……."

아망다가 내게 윙크를 하며 말을 보탰다.

"어느 방향일까?"

문득 토마가 물었다.

나는 잠시 아무 말 없이 볼을 긁적였다. 내가 손가락을 앞으로 내밀며 말했다.

"탑이 여기 있으니까, 여기가 체스 판 끝이라는 뜻인데……. 기사가 적을 향해 움직이고, 그 말이 검은색 말이라면…… 그렇다면 이쪽이야!"

내가 몸을 돌려 손으로 식당 쪽을 가리키며 결론을 내렸다.

온통 눈이 덮여 있었다. 우리는 할 수 있는 모든 수단을 동원해서 땅에 덮인 눈을 쓸어내려고 부지런히 움직였다. 발이며 손이며, 심지어 아망다는 땅에 떨어진 나뭇가지까지 빗자루처럼 활용했다.

조각상 주변에는 사각형으로 놓인 자갈들이 하얀색 네모를 이루고 있었다. 토마 말이 맞았다. 땅바닥을 체스 판처럼 꾸며 두었던 거다. 미묘하긴 했지만 일단 알아차린 이상 우리 눈에는 체스 판 모습밖에 들어오지 않았다.

눈을 걷어내는 데에 십오 분은 족히 걸렸다. 우리가 자리에 없는 걸 이미 어른들이 걱정하고 있지 않을까 싶어서 겁이 났다.

"봐, 올리!"

토마가 땅바닥을 손가락으로 가리키며 말했다.

우리는 기사 말의 특징인 엘 자 모양으로 이동하면 어떤 사각형에 도착할지 시험해 봤다. 그렇게 해 보니, 바닥에 박힌 어두운 화강암으로 만든 무거운 타일에 도

달할 수 있었다. 그게 바로 마지막 검정색 칸이었다.

심장이 요동쳤다. 두 친구도 신이 나 있었다. 우리는 타일 주변에 무언가 새겨져 있거나 가설을 증명해 줄 만한 무언가가 없을지 확인하려고 서둘러 달려갔다.

토마가 웅크리고 앉아 손가락으로 화강암 모퉁이를 쓸었다.

"우리만으로는 절대 이걸 들어 올릴 수 없을 거야. 불가능해."

아망다는 실망한 눈치였다. 느릿느릿 발걸음을 돌려 내 쪽으로 돌아왔다.

"입구와 비슷하게 생긴 것도 안 보여……. 정말로 땅에 단단히 박혀 있나 봐."

나는 머리를 긁적이고는 손에다 입김을 불었다. 한기가 뱀처럼 옷 아래쪽으로 스르륵 미끄러져 들어왔다. 몸이 떨렸다.

아망다가 금세 눈치 채고는 내게 말했다.

"나도 엄청 춥네!"

토마가 자리에서 일어나 뭐라고 말을 하기도 전에 식당 쪽에서 "어!" 하는 소리가 들려왔다.

우리는 모두 같은 쪽으로 고개를 돌렸다. 또 다른 역사 담당 선생님인 로디에 선생님이 보였다. 선생님은 공중으로 팔을 치켜들고 있었다.

"어이, 거기 너희들! 당장 이리 와라!"

로디에 선생님이 성을 내며 소리 질렀다.

토마는 한숨을 내쉬며 묵직한 타일에다 발길질을 했다. 그리고 방향을 돌려 걸어가기 시작했다. 그 모습을 보니, 토마는 우리가 보물을 찾을 수 있을 거란 생각을 저버렸다는 사실을 알 수 있었다. 막다른 골목에 이른 거다. 타일이 꿈쩍도 하지 않으니 우리 조사도 여기서 멈출 수밖에 없었다.

23장

—

토마와 나는 침대에 드러누워 멍하니 천장의 텅 빈 공
간을 바라봤다. 몇 시간 전에 있었던 일들이 파도처럼
계속 몰려왔다.

땅바닥에 박힌 체스 판을 발견하고 난 뒤 우리는 식
당으로 돌아왔다. 그리고 갑자기 눈보라가 몰아쳤다. 추
워서 피도 얼어붙을 지경이었다. 커다란 눈송이에 옷이
흠뻑 젖었다. 아름답고 곧게 뻗은 아망다의 머리칼도 구
불구불해질 정도였다.

아망다. 아망다가 그렇게 서글프고 실망한 얼굴로 식
당에 들어서서 자기가 친구라고 여기는 아이들의 농담
속으로 돌아가는 모습을 보니 심장이 시큰거렸다. 아망

다를 또 한 번 잃는 기분이었다. 아망다가 더 이상 우리와 함께 있기 싫어서 그런 건 아니라는 생각은 했다. 아망다가 우리랑 같이 앉으면 모든 사람들 앞에서 식기를 들고 옮겨야 할 텐데, 그런 건 너무 주목이 쏠려서 감당하기 어려울 테니까. 키가 큰 로빈이 아망다에게 짓궂은 장난을 치는 게 보였다. 아망다를 가만히 놔 두라고 말하고 싶었지만 그러면 나도 마찬가지로 모든 사람들이 지켜보는 것을 감수해야 할 테니까. 그럴 만한 용기는 없었다. 그래서 나도 아망다의 행동을 이해했다.

바깥에서 차디찬 돌풍이 몰아치며 우리 방 창문을 두들겼다. 바람이 온 마을에 날카로운 휘파람 소리를 퍼뜨리고 있었다. 깜깜하고 깊은 밤이었다. 도저히 뚫고 들어갈 수 없을 것 같은 눈의 장막 때문에 밤이 한층 더 매섭게 느껴졌다.

어느 정도 적막에 잠겨 있던 방 안에서 갑자기 토마가 말을 꺼냈다.

"우리한테 남은 선택지가 있을까?"

"무슨 이야기를 하고 싶은 거야?"

토마가 이불을 부스럭거리며 내 쪽으로 몸을 돌렸다.

"우리가 헛수고한 거라고 이야기하지는 말아 줘."

"뭘 어떻게 더 하고 싶은 거야?"

"내가 지금 너한테 물어보는 게 그거잖아! 네가 암호를 해독해서 무덤에 새겨진 글귀를 찾아낼 수 있었다고. 그러다 도저히 움직일 수 없는 타일을 만나게 된 거고. 이제 우리한테 남은 선택지가 뭐야?"

"플랑타르 씨가 거인이라면 그 사람은 분명 모든 걸 알고 있을 거야. 플랑타르 씨를 직접 만나서 우리가 알고 있는 것들을 이야기해야지."

"너 그럴 자신 있어?"

나는 잠시 생각에 잠겼다. 우리를 쫓아오던 그 거대한 그림자를 다시 떠올렸다. 그러자 심장 박동이 빨라졌고, 나는 고개를 젓고 말았다.

"솔직히 자신은 없어."

"그러면 우리한테 남아 있는 방법이 뭐야? 불도저를 구해서 타일을 움직이는 거? 너희 엄마한테 불도저 좀 구해 달라고 부탁하는 거? 불도저 좀 구할 수 있게 건물 주인한테 물어봐 달라고 너희 엄마한테 부탁하는 거?

나는 하나도 모르겠어!"

"왜 네가 이야기하는 방법에는 전부 다 우리 엄마가 들어 있는 건데?"

"그야 너희 엄마는 너를 믿으시니까. 작년에 우리 마을에서 벌어진 일을 생각해 보면 네가 수수께끼를 풀어 내는 능력이 있다는 사실을 엄마도 잘 알고 계시지 않을까?"

나는 어깨를 으쓱했다. 덮고 있던 이불이 조금 풀썩였다.

토마가 몸을 일으키며 말을 이어 갔다.

"우리가 어디서부터 잘못한 건지 모르겠어. 내가 보기에 렌 르 샤토의 보물은 그 타일 아래에 있다고! 다른 곳일 리 없어!"

결국 토마는 자리에서 일어나 커다란 옷장에 붙어 있는 작은 나무 책상 쪽으로 갔다. 짙은 색 책상 한쪽에는 이곳에 머무는 손님들이 볼 수 있도록 여행용 책자가 여러 개 놓여 있었다. 토마가 손을 뻗어 책자 하나를 집어 들었다. 렌 르 샤토의 미스터리한 역사와 소니에르 수도원장의 유명한 보물에 관해서 몇 단락으로 설명하고 있었다. 토마는 책자를 펼치고 내 침대 위에 앉았다.

"그렇지만 우리가 이상한 건 아니라고. 봐, 이게 체스 게임이라는 건 확실하고 분명하잖아!"

꼭 비행기에서 내려다보는 것처럼 영토 전체를 그린 그림이 책자 세 면에 걸쳐서 나와 있었다. 이번에는 내가 자세를 바로잡으며 말을 받았다.

내가 막달라 탑을 가리키며 말했다.

"여기, 검은 탑이 여기에 있지."

그리고 검은색 조각상 쪽을 손가락으로 가리키며 덧붙였다.

"여기에는 기사가 있어. 그리고 주의를 기울여서 살펴보면 체스 판이라는 게 똑똑히 보인다니까. 우리가 이상한 건 전혀 아니야!"

우리 눈은 그림을 세로, 가로, 사선으로 훑었다. 토마는 영토 북동쪽 끝에 자리 잡고 있는 유리로 된 탑에 시선을 멈췄다.

"그리고 이건 하얀 탑이라고 할 수 있지 않을까? 이렇게 마주보고 있는 탑 말이야, 안 그래?"

토마 말은 일리가 있었다. 이 탑은 막달라 성을 쏙 빼

닮게끔 지은 것이었다. 거의 모든 벽이 네모난 유리 타일로 만들어졌다는 점만 달랐다. 꼭 식물을 키우는 온실처럼 생겼다.

갑자기 머릿속에 아이디어가 번뜩 떠올랐다. 머릿속으로 스르륵 흘러들어 온 그 아이디어를 이리 굴리고 저리 굴리며 뜯어봤다.

왼쪽 구석에 높이 솟은 돌로 만든 탑이 체스 판의 검은 탑을 상징하고, 그 맞은편인 오른쪽 구석에 유리로 만든 하얀 탑이 자리 잡고 있다면 이는 곧 이 상상 속 체스 게임을 벌이는 플레이어들이 서로를 마주 보고 있다는 뜻이었다. 각각 왼쪽과 오른쪽에 말이다.

나는 눈이 휘둥그레졌다. 그리고 고개를 숙여 책자를 살폈다.

"잠깐 기다려 봐! 우리가 완전히 잘못 생각했던 것 같아! 봐, 검은 말이 왼쪽에 있고 하얀 말이 오른쪽에 있다면, 적은 남쪽이 아니라 동쪽에 있다는 뜻이야!"

토마가 눈썹을 찌푸리더니 곧 내 말을 이해했다.

"우리가 검은 기사를 움직일 때 실수를 했다는 소리야?"

토마가 물었다.

"그렇다니까! 우리는 기사가 남쪽에 있는 적을 향해 나간다고 생각했잖아. 다른 방향으로 체스를 한다고 생각했으니까. 그렇지만 사실 적은 기사의 맞은편에 있었던 거야. 오른쪽에 말이야!"

나는 손가락으로 검은 기사 말을 엘 자 모양으로 움직이는 시늉을 했다. 그렇게 해 보니 말은 지도 위 어느 한 지점에 멈췄다. 소름이 돋았다.

내 검지 아래에 있는 그림에는 작은 예배당처럼 보이는 그림이 그려져 있었다. 예배당 건물 정면에는 CVI라는 글자가 새겨져 있었다.

"CVI?"

토마가 깜짝 놀랐다.

"로마 숫자인 것 같아."

"그렇단 말이지. 내 기억이 맞다면, C는 100이고, VI는 6이야. 그러니까 106이라는 소린데……. 이게 무슨 뜻이지?"

"106? 모르겠는데. 적어도……."

나는 책자를 얼굴 가까이 가져왔다. 광택이 도는 코

팅한 종이가 내 코 끄트머리에 닿는 게 느껴졌다.

"106이 아니야! C-6인 거야! 이게 무슨 뜻인지 알겠어?"

내가 신이 나서 눈을 반짝이며 소리쳤다.

"체스 판 좌표잖아!"

토마가 씩 웃으며 소리 질렀다.

"봐, 체스 판으로 표현하면 예배당이 자리 잡고 있는 위치랑 정확히 맞아떨어진다고. 우리가 이상한 게 아니라는 증거야!"

토마가 활짝 웃었다.

"너도 나랑 똑같은 생각해?"

"네가 무슨 생각을 하는지는 모르지만 네가 나랑 똑같은 생각을 하고 있다면 보물은 아마도 이 조그만 예배당에 있을 거야!"

24장

—

"그리로 가야 해!"

토마가 세상에서 가장 진지한 모습으로 내 어깨를 붙잡으며 말했다.

"지금?"

"거기에 대체 뭐가 숨겨져 있는지 알아내지 못하는 이상, 밤에 못 잘 것 같아."

"나도 마찬가지야."

내가 고개를 저으며 털어놓았다.

"그러니까 일 분도 낭비할 수 없어!"

토마와 나는 빛의 속도로 옷을 갈아입었다. 우리는 두말할 것도 없이 흥분했다. 더는 가만히 있을 수가 없었다. 창밖을 흘낏 쳐다보자 몸이 떨렸다. 눈은 거세게 내리고 있었고, 게다가 세차게 부는 바람에 눈이 왼쪽으로 오른쪽으로 요란하게 춤을 추고 있었다. 우리가 맞서야 할 바람이었다. 우리는 가지고 있는 옷들을 최대한 따뜻하게 껴입었다. 옷을 두 배는 두껍게 입고, 외투로 포근하게 몸을 감쌌다.

내가 먼저 계단을 내려갔고 토마가 내 뒤를 따라왔다. 최대한 눈에 띄지 않게 가려고 했지만 두터운 외투는 주변에 있는 온갖 물건에 스쳤다. 문이며 벽이며 계단 난간까지. 계단에서는 끽끽거리는 소리가 났고, 살금살금 발걸음을 옮겼는데도 바닥은 삐걱거렸다.

일 층에 도착해서 커다란 손전등 두 개를 벽에서 빼내 현관으로 다가갔다. 손을 뻗어 손잡이를 돌렸지만 문은 잠겨 있었다.

"이런! 열쇠로 잠갔어."

내가 속삭였다.

"어떡하지?"

"다시 올라가자. 할 수 없지, 내일 살펴보자."

"그럴 순 없어. 손전등 잘 들고 나를 따라와!"

나는 토끼처럼 재빠르게 튀어서 다시 계단을 올라가는 토마를 깜짝 놀란 채로 지켜봤다. 내가 그 자리에 가만히 박혀 있으니 토마가 멈춰 서서 얼른 따라오라고 손짓을 했다.

이 문으로 나가지 못하면 우리가 있던 곳으로 다시 돌아올 수가 없을 텐데, 그렇다면 대체 이 건물에서 무슨 수로 빠져 나가겠다는 것인지 알 수가 없었다.

우리 방에 도착하자 벌써 땀이 났다. 토마가 황급히 창문 쪽으로 가서 창문을 열었다.

방 안으로 눈송이들이 어마어마하게 밀려들어 왔다. 코팅한 종이로 만든 책자와 다른 안내문들이 바람 때문에 여기저기로 휙휙 날렸다. 나는 완전히 넋을 잃은 채로 토마가 침대 시트를 모두 빼내서 단단한 매듭으로 하나하나 연결하는 모습을 바라봤다. 토마는 그 자리에서 뚝딱 만들어 낸 밧줄 끄트머리를 라디에이터에 묶고, 창밖으로 내던졌다.

"이번 여름에 내가 등산 데려갔던 거 기억나?"

토마가 내게 물었고, 나는 눈을 크게 뜨고 입을 벌린 채 토마를 물끄러미 바라봤다.

"이걸 타고 내려가자는 거야?"

"뭐 다른 방법 있어?"

"음…… 내일까지 기다리는 거?"

내가 어깨 위로 팔을 벌리며 말했다.

"아, 좀! 한 층만 내려가면 돼. 네가 올 여름에 기어 올라갔던 데보다 열 배는 더 낮을 걸."

"그래, 그때야 안전벨트도 있었고, 제대로 된 밧줄도 있었고, 안전모도 있었고……."

"내려가는 동안 내가 어디까지 내려갔는지 알려 줄게. 순식간에 내려가게 될 거야."

토마가 내 말을 끊었다.

"그러면 너는 어떻게 할 건데?"

"네가 무사히 바닥에 닿으면 나도 따라 내려가야지? 너 무슨 생각을 한 거야? 보물을 너 혼자 가지려고?"

심장이 쿵쾅거렸다. 그렇지만 마음속 깊은 곳에서는 이 예상치 못했던 일을 시도해 보고 싶었다. 정신 나간 토마를 따르고 싶다는 완전히 비합리적인 충동이 바로 아드레날린 때문이라는 사실도 잘 알고 있었다.

나는 심호흡을 하고 창문에 걸터앉았다. 토마는 자신

감 넘치는 눈으로 나를 쳐다봤다. 더는 물러설 수가 없었다.

"잠깐만!"

토마가 이렇게 이야기하고는 가방에서 무언가를 찾았다.

"자, 이 무전기를 가져가. 나는 다른 무전기를 가지고 있을게. 혹시 모르잖아, 만약 우리가 떨어지면 말이야……."

한밤중에 토마도 없이 눈보라 한가운데에 갇힌다고 생각하니 배가 조여 왔다.

토마가 말을 이어 갔다.

"좋아. 나머지 다리도 밖으로 내밀고, 첫 번째 매듭에 단단히 매달려 봐."

나는 토마가 시키는 대로 행동에 옮겼다. 창문 아래 벽에 조그만 턱 같은 게 보였다. 그 위에 발끝을 올렸다. 돌풍이 얼굴을 마구 때렸다. 순간적으로 내가 공중으로 날아가 버릴 것만 같았다. 장갑을 낀 두 손으로 내 목숨이 그 시트에 달려 있는 것처럼 시트를 꽉 붙잡았다. 아니, 시트에 목숨이 달려 있다기보다는 과연 얼마나 매달려 있을 수 있는지에 달려 있었던 것 같다.

문득 빠르게 내려가는 게 최대한 금방 안전해지는 방법이라는 생각이 들어, 몸을 움직여 벽을 건너뛰어 족히 일 미터쯤을 성큼 내려갔다. 위에서는 토마가 고개 숙여 나를 바라보며 계속 그렇게 내려가라고 용기를 불어넣었다.

몸이 굳어 한참 동안 발을 뗄 수가 없었다. 추위도, 또 눈을 찔러대는 눈도 더 이상 느껴지지 않았다. 목숨을 붙들고 싶다는 생각에만 집중했다.

갑자기 토마의 두 눈이 커지고 두려움에 얼굴이 일그러졌다. 순식간에 내 심장이 요동치기 시작했다.

토마가 거센 바람 소리를 뚫고 외쳤다.

"누가 문을 두들겼어! 너는 거의 다 내려갔으니까, 계속 그렇게 가!"

그러고는 창문을 쾅 닫았다.

나는 혼자 공중에 매달린 채 남았다. 안전장치라고는 침대에서 끄집어낸 시트뿐이었다.

차디찬 공기를 크게 들이마셨다. 그리고 다음 매듭이 있는 곳까지 천천히 내려갔다. 내려가 보니 벽 표면에 튀어나온 돌이 하나 보였고, 거기에 오른발을 올렸다.

하지만 왼발도 끌고 오려다 신발 바닥이 미끄러지면서 나는 그만 공중으로 떨어지고 말았다.

25장

—

몇 미터를 그대로 떨어졌다. 온몸의 뼈가 부서지나 싶었지만, 두껍게 쌓인 눈이 조금이나마 충격을 흡수한 듯했다. 하지만 어딘가에 발목이 접질리고 말았다. 고통스러운 비명 소리가 밤을 갈랐다.

몸을 일으키려 하니 발 디딜 수 없을 정도로 통증이 밀려왔다. 나는 이를 악물고 눈을 뭉쳐서 아프고 부은 발목을 감쌌다.

곧 냉기 덕분에 다리 안쪽이 전부 진정된 게 느껴졌다. 더는 통증이 느껴지지 않았다. 고개를 들어 우리 방 창문을 바라봤다. 불이 꺼진 모습이 보였다.

토마가 나를 저버린 걸까?

어둠 한가운데에 나 혼자였다. 현관을 통해서 방으로 돌아갈 수는 없었고, 창문으로 기어 올라가서 돌아가는 건 더더욱 어림도 없었다. 내 계획대로 끝까지 밀고 나가려면 어떻게 해야 하지?

나는 쿵쾅거리는 심장을 잠재우려고 차가운 공기를 크게 들이마셨다. 그리고 길을 나섰다. 발을 절뚝이며 기사 조각상까지 걸어갔다. 그리고 조각상을 엘 자 모양으로 움직이면 어떨지 시뮬레이션을 해 봤다. 우리가 몇 시간 전에 눈을 걷어 냈던 칸들은 다시 눈으로 완전히 덮여 있었다. 그렇지만 옹기종기 모여 있는 키 작은 관목 뒤편에 있는 조그만 예배당은 어렵지 않게 찾을 수 있었다. 관목들은 꼭 하얗고 차가운 이불 때문에 숨이 막힌 듯 보였다.

주변을 빠르게 살필 수밖에 없었다. 거인과 손전등의 모습이 계속 머릿속에서 나를 쫓아다녔다. 플랑타르 씨의 사무실 뒤쪽 방에서 비슷하게 생긴 옷과 죽마를 발견했지만 밤마다 영토를 돌아다니는 게 플랑타르 씨라는 증거는 아무것도 없었다. 그리고 설령 플랑타르 씨가 그 거인이라고 해도 안심할 수 없었다. 미스터리하거나 심지어는 부정한 목적이 아닌 이상 대체 왜 그렇게 밤마다 이상한 행동을 하는 걸까?

나를 따라오는 사람이 없는지 확인하려고 마지막으로 손전등을 들고 제자리에서 한 바퀴를 빙 돌았다. 눈송이가 빛에 비쳤다. 어둠 속에서 손에 꼭 광선검을 들고 있는 것 같았다.

조그만 예배당으로 다가갔다. 입구에 있는 철책을 미니 가볍게 삐걱거리는 소리를 내며 문이 열렸다.

이렇게 생긴 건축물은 공동묘지에서 이미 본 적이 있었다. 그래서 여행안내 책자에서 이 예배당 그림을 봤을 때 바로 알 수 있었던 건 이곳이 또 다른 묘지라는 사실이었다.

돌풍이 얼굴을 휘갈기자 눈이 절로 찌푸려졌다. 얼른 몸을 피하고 싶은 마음도 들었지만 어둠 속에서 보니 예배당 입구는 나를 한입에 삼키려고 준비를 갖춘 괴물의 입 같았다. 나는 눈을 질끈 감고 안으로 발걸음을 옮겼다.

다시 눈을 뜨니 손전등이 내 앞의 거대한 묘비를 비추고 있었다. 그 주위로는 빛에 따라 사악하게도 느껴지

187

는 천사 조각상들이 있었다. 나는 뒤편에 있는 철책을 닫았다. 거의 반사적인 행동이었다. 철책이 끽끽대는 소리에 등뼈를 타고 소름이 쭉 일었다. 발목이 다시 욱신거리는 느낌이 들었지만 목표물에 아주 가까이 왔기 때문에 신경이 쓰이지는 않았다.

나는 무덤을 한 바퀴 돌며 구석구석을 밝혔다. 그러다 갑자기 한 구석에서 무언가가 눈에 띄었다. 웅크려 앉다가 발목에 밀려오는 고통에 조그맣게 비명을 내뱉었다.

휘둥그레진 내 눈 앞에는 예배당 내벽에 직접 새겨진 글귀가 몇 줄 있었다. 글귀 아래에는 돌로 만든 조그만 정육면체들이 몇 개 붙어 있었고 그 위에는 로마 숫자 아홉 개가 쓰여 있었다.

손전등에서 나오는 빛이 하얀색 원을 이루며 글자들을 훑자 거기 쓰인 말을 읽을 수 있었다.

빛나는 등대처럼 땅에 박힌 나는
잠자는 자들의 무덤을 조용히 지켜본다.
나는 파수꾼이요, 이곳의 수호자다.
하늘의 황금을 비추는 내 얼굴은 몇 개인가?

나는 한참 동안 글을 읽고 또 읽었다. 4행으로 된 세 문장짜리 시구 같았다. 머릿속에서 숫자가 춤을 췄다.

왠지는 모르지만 숫자 64와 무언가 관계가 있지는 않을까 절박하게 찾아봤다. 그렇지만 아무것도 나오지 않았다. 체스 게임과도 아무런 관계가 없었다. 한눈에 봤을 때는 그랬다.

더 이상 생각이 떠오르지 않아 무전기로 토마에게 연락해 봐야겠다고 마음을 먹었다. 몇 초쯤 뜸을 들인 뒤 토마가 대답했다. 나는 안도의 한숨을 내쉬었다.

"야, 괜찮아?"

치직거리는 소리와 함께 토마가 물었다.

"어떻게 된 거야?"

"네 엄마가 방으로 들어오셨어. 욕실에다 물을 틀어 놓을 만한 짬이 있었어. 그래서 네가 씻고 있는 것처럼 꾸몄어. 확실하진 않지만, 네 엄마가 다시 들르실 것 같아. 서둘러야 돼!"

토마의 말에 심장이 펄쩍 뛰어올랐다. 갑자기 발목이 다시 아파 왔다.

"나는 조그만 예배당 안에 와 있어."

내가 대뜸 말했다.

"네가 최고야! 그래서? 더 이야기해 줘!"

토마가 아주 신이 난 목소리로 말했다.

"여기 무덤 앞에 서 있는데, 로마 숫자랑 시 같은 게
있거든……."

"암호구나! 숫자 쓰인 곳은 눌러 봤어?"

"고마워, 무슨 말인지 잘 알겠어……."

나는 조금은 놀란 마음으로 재빨리 답했다. 돌로 만
든 정육면체를 눌러 보려는 시도는 해 보지 않았다. 팔
을 뻗어서 숫자가 쓰인 곳으로 검지를 가져갔다. 작은
톱니바퀴가 조그맣게 찰칵거리는 소리를 내면서 정육
면체가 천천히 안으로 들어갔다. 그걸 보자 무언가를 해
제하는 기계 장치가 이곳에 있을 거라는 확신이 들었다.

26장

—

"그 시에 뭐라고 적혀 있어?"

토마가 안절부절못하며 내게 물었다.

나는 한 구절 한 구절을 또박또박 읊어 줬다. 우리 둘은 함께 생각에 잠겼다.

"'응, '빛나는 등대처럼 땅에 박힌 나는 잠자는 자들의 무덤을 조용히 지켜본다. 나는 파수꾼이요, 이곳의 수호자다'라는데. 이게 뭘까? 새일까? 독수리인가?"

"아니야……. 등대라고 이야기하고 있으니까, 무언가 길쭉한 걸 거야……."

"기둥인가? 깃대? 나무인가 보다!"

"그래, 나무도 나쁘지 않네."

움직이질 않고 있으니 곧바로 추위가 나를 엄습했다. 나는 손에다 입김을 불어넣었다. 손전등이 비추는 빛 안으로 입김이 부드럽게 미끄러졌다. 머리를 긁적였다.

빛나는 나무라고? 아니야. 이건 전혀 말이 안 됐다. 어쩌면 태양이나 빛과 관련이 있는 오렌지 나무나 레몬 나무일지도 모르지만……. 나는 고개를 저었다.

"나무 말고 또 영토에 솟아 올라 있는 게 뭐가 있지?"

내가 다시 말을 꺼냈다.

"으으으음……. 우리 방 창문에서 보면 영토 가운데 공동묘지가 보여. 이 건물일 수도 있겠지. 아니면 탑도 있고."

"맞네! 막달라 탑! 막달라 탑은 하늘을 향해 솟아 있는 등대 같잖아!"

내가 소리쳤다.

"뭐, 그렇지만…… 빛나는 등대라고 할 수 있을까?"

머릿속에 퍼뜩 생각이 하나 떠올랐다. 마지막 문장으로 곧장 눈길을 향했다.

"하늘의 황금을 비추는 내 얼굴은 몇 개인가?"

'하늘의 황금'이라는 말을 보고 내가 곧바로 떠올렸던

192

건 태양이었다. 확실한 것 같았다. 그렇다면 얼굴은 뭘까? 태양 빛을 반사하는 얼굴이라니?

"아직 듣고 있어?"

무전기에 있는 조그만 스피커에서 소리가 흘러나왔다.

"그럼, 그럼. 생각하고 있었어. 막달라 탑이 이 시의 다른 구절하고도 맞아떨어지는지 살펴보려고 말이야."

"그 시 좀 나한테 다시 읽어 줘."

나는 토마에게 시구를 다시 읊어 줬다. 우리가 여기 머무는 동안 봤던 수많은 풍경들이 갑자기 다시 떠올랐다.

내가 소리쳤다.

"알았다! 탑은 탑이지만, 막달라 탑은 아니야. 맞은편에 있는 다른 탑이야. 유리로 만든 탑!"

"체스 게임에 있는 하얀 탑이구나."

토마가 내뱉었다.

"맞아! 이제 질문에 대답만 하면 돼. 그 탑이 유리 몇 장으로 만든 거지? 너 혹시 알고 있어?"

"가만히 있어 봐, 책자를 살펴볼게!"

어차피 나는 꽁꽁 얼어붙어 있어서 움직일 수도 없었다. 오로지 오래된 보물을 내 손으로 만질 수 있다는 두근거림 때문에 계속 버틸 힘을 얻을 수가 있었다. 한참을 기다리고 나니 토마가 다시 무전기에 대고 이야기했다.

"아무 이야기도 없어."

토마가 말했다. 목소리만 들어도 실망한 게 느껴졌다.

"아망다랑 내가 벌 받고 있을 때, 혹시 너는 그 유리탑에 가지 않았어?"

"아니, 그건 다른 팀이었어."

"아망다네 친구들이 있는 팀이지?"

내가 물었다.

"응."

나는 아주 심각한 목소리로 말했다.

"토마, 아망다를 찾아가야 돼. 그래서 걔네가 알고 있는 내용이 있는지 물어봐 달라고 해야 돼. 분명히 체험 학습 때 선생님이 걔네한테 이야기해 주셨을 거야……. 걔네가 조금이라도 듣고, 또 뭐라도 기억하고 있으면 좋

194

겠는데……."

"시간이 늦어서 어떨지 모르겠는데……."

"이렇게 여기서 얼어 죽을 수는 없다고, 토마! 얼른 아
망다한테 가서 부탁해! 내가 아주 오래 버티기는 어려
울 거야."

"알았어, 알았어."

그러고는 더 이상 아무 소리도 들리지 않았다. 완전
한 침묵이었다. 조그만 예배당 안의 고요함을 깨는 건
내 숨소리뿐이었다. 눈 속에서 아주 조그만 발소리라도
들려올까 싶어서 입구에 있는 철책에 귀를 기울였다. 토
마가 다시 연락하기 전에 그림자가 나를 먼저 찾아내면
어떡하지?

시간이 끝없이 늘어지는 것만 같았다. 점점 이가 떨
리기 시작했다. 저린 발목에서는 움직일 때마다 통증이
일었다. 눈이 촉촉해졌다. 그렇게 나오는 눈물도 분명
얼어붙을 것 같았다.

갑자기 무전기에서 소리가 새어나왔다.

"이천삼백십일 개야! 유리 이천삼백십일 개를 써서
탑을 지었어!"

나는 소스라쳤다. 심장이 쿵쾅거렸다. 고막에서 피가 요동치는 게 느껴졌다.

"확실해?"

내가 조금은 미심쩍어하며 물었다.

"그럼, 그럼! 키 큰 로빈이 숫자를 기억하고 있었어. 자기 생일인 11월 23일이랑 비슷해서 기억에 남아 있었다고 이야기했어."

나는 내가 바보라고 생각했던(지금 생각해 보면 말할 것도 없이 오해였다) 누군가가 알려 준 이렇게나 하찮은 정보 덕분에 몇 세기 동안 고고학자들과 연구자들이 풀지 못했던 수수께끼를 해결할지도 모르겠다는 생각에 속으로 웃음이 나왔다.

손가락이 덜덜 떨렸다. 겁이 나서였을까 아니면 추워서였을까? 돌로 된 정육면체를 눌렀다. 처음에는 II, 그다음에는 III, 마지막에는 I를 두 번 눌렀다.

기계장치에 딸린 톱니바퀴가 귀가 먹을 것만 같은 큰 소리를 내며 조그만 예배당 안을 온통 울렸을 때는 심장이 멎는 줄 알았다. 갑자기 걸쇠가 풀렸고, 묘비가 몇 센티미터 들려 올라갔다.

나는 몸을 일으켰다. 다친 발목 때문에 원래대로라면 분명 비명을 지르고도 남았을 거다. 그렇지만 기쁨과 흥분이 뒤섞여 모든 감각이 마비된 상태였다.

나는 손전등을 겨드랑이에 끼우고 손바닥을 차가운 돌에다 맞붙이고는 온 힘을 다해 위쪽으로 밀었다. 예상과는 전혀 다르게 그렇게 힘들지는 않았다. 도르래나 기중기 같은 것 덕분에 이렇게 무거운 돌을 들어 올릴 수 있는 거라는 생각이 들었다.

거대한 덮개 아래에 있는 빈 공간 안을 환하게 비췄다. 입과 눈이 모두 커졌다.

여기 내 앞, 겨우 몇 센티미터 떨어진 곳에 세상이 시작할 때 만들어진 것 같은 아주 오래된 나무 상자가 있었다. 다른 이들보다 더 영리한 사람이 찾아 주기만을 기다리고 있었다.

"어때?"

무전기에서 토마가 소리쳤다. 난 그때까지 토마를 거의 잊고 있다시피 했다.

"맞아, 톰! 맞다고! 우리가 렌 르 샤토의 보물을 찾아냈어!"

27장

—

나는 상자 양쪽에 달린 금속 손잡이를 붙잡았다. 그리고 오랜 시간 감춰져 있던 상자를 끄집어냈다. 온몸에 전율이 길게 흘렀다. 프랑스 역사를 통틀어 가장 중요하다고 손꼽히는 유물을 발견하다니! 이 신나는 발견을 얼른 토마와 아망다와 함께 나누고 싶었다. 서둘러 숙소 안으로 가져가야 했다.

상자는 그렇게 무겁지는 않았다. 그렇지만 무게가 더해지니 한 걸음 한 걸음 디딜 때마다 발목이 아파 왔다. 나는 심하게 다리를 절면서 조그만 예배당에서 나왔다. 고통에 눈 속에서 발을 질질 끌었고, 신발은 진즉에 흠뻑 젖어버렸다.

멀지 않은 곳에 커다란 소나무가 있었고, 그 뒤로 우리가 머무는 숙소가 가려져 있었다. 건물 벽이 드러났다. 거의 모든 방 창문에서 빛이 새어나오고 있는 게 보였다.

위층을 쳐다보니 토마가 내게 커다랗게 손짓을 하고 있었다. 한 층 더 위에서는 아망다와 여자아이들이 소리를 지르는 듯했다. 하지만 불어오는 돌풍 때문에 들리지는 않았다. 일 층 창문 너머로는 엄마의 머리와 그 옆으로 다른 어른들의 실루엣이 언뜻 보였다.

나는 점점 더 발을 끌며 걸었다. 상자를 나르다 보니 발목에 무리가 갈 수밖에 없었다. 너무 무거웠다.

눈보라 속에서 앞으로 나아가려고 마지막으로 애를 써 본 다음에는 상자를 눈밭에 내려놓고 끌면서 마저 움직여야 했다. 썩 유용한 방법은 아니었다. 나는 조금 전보다도 훨씬 더 느리게 걸어갔다. 뒤쪽에 남긴 자국을 보면 내가 얼마나 느리게 나아갔는지 알 수 있었다.

피곤 때문인지 거세진 눈보라 때문인지는 모르겠지만 이제는 힘이 다해서 그만 쓰러질 것만 같았다. 바로 여기서, 모두가 지켜보는 가운데서 말이다.

갑자기 저편에서 누군가의 실루엣이 움직이더니 잠시 쉬고 있는 내게로 빠르게 다가오는 모습이 보였다. 아망다였다. 아망다는 눈 속으로, 혹독한 돌풍을 뚫고 달려왔다. 아망다의 미소가 보이자 심장이 요란하게 뛰었다.

아망다는 아무런 말없이 팔을 뻗어 상자 손잡이를 잡았다. 아망다의 손이 내 손을 감쌌다. 장갑 너머로도 아망다의 부드러운 손을 느낄 수가 있었다. 등을 타고 기나긴 전율이 흘렀다. 다시 기운이 샘솟아 오르며 함께 상자를 들 수 있도록 다른 쪽 손잡이를 힘주어 잡았다.

그리고 우리는 함께 숙소를 향해 걸음을 옮겼다. 날씨는 궂었고 밤은 깜깜했지만 우리 둘은 자랑스럽고 눈부신 미소를 지었다.

건물 안으로 들어와 응접실에 있는 커다란 탁자 위에 상자를 내려놓았다. 벽난로에서는 아직도 불이 약하게 타오르고 있었고, 그 열기가 너무나도 반가웠다.

어른들 앞으로 지나가는데, 그 누구도 화가 나거나 흥분한 표정이 아니라서 깜짝 놀랐다. 무언가를 숨기고 있다는 생각이 들어 나는 눈썹을 찌푸렸다. 솔직히 그 자리에서 꾸중을 들을 거라고 예상했었는데, 모두들 한참 동안 아무런 말이 없었다. 우리 엄마가 어마어마한 벌을 주겠다며 이미 흡족해하고 있었던 걸까?

아무도 말을 꺼내지 않아 아망다를 쳐다봤지만 아망다는 어깨를 으쓱하며 대답하는 게 전부였다. 나는 눈으로 토마를 찾아보았지만 계단에 아이들이 잔뜩 몰려 있어서 토마는 찾을 수가 없었다.

갑자기 불이 전부 꺼졌다. 심장이 펄쩍 뛰어올랐다.

숨죽인 채 지르는 조그만 비명 소리가 들렸다. 고개를 돌리니 왜 비명이 들렸는지 알 수 있었다. 저편에 있는 문을 열고 나온 거대하고 음침한 형체가 응접실 안으로 침입한 것이었다. 커다란 두건이 달린 어두운 가운을 걸친 무시무시한 모양새였다. 손에 든 손전등은 응접실 안쪽 벽에 불길한 그림자를 만들었다. 거인이었다. 보물을 지키는 거인. 분명히 우리가 훔친 보물을 되찾으려고 온 것이다!

마치 동굴에서 울려 퍼지는 것 같은 거인의 목소리가 들렸다. 그 거칠고 굵직한 웃음소리에 피가 얼어붙었다.

아망다도 고개를 돌리고는 새된 비명을 내뱉었다. 그

리고 서둘러 내 곁으로 와서 팔로 나를 꽉 붙들었다.

목을 긁으며 내는 웃음소리가 점점 더 진짜 웃음소
리로 바뀌었다. 사람들 사이로 웃음이 번지는 게 똑똑
히 느껴졌다. 뒤쪽에 있는 어른들이 웃음을 터뜨리고 있
었다.

그러고는 다시 응접실 안 불이 켜졌다.

거인은 두건을 열어젖히며 정체를 드러냈다. 플랑타
르 씨였다. 사무실 뒤편 작은 방에서 우리가 찾아낸 게
맞았던 거다!

플랑타르 씨가 갈색 가운을 열어 보였다. 죽마를 타
고 있었다는 것도 확인할 수 있었다. 플랑타르 씨는 앞
으로 가볍게 뛰어내려 다시 여느 때처럼 땅딸막하고 뚱
뚱한 남자로 돌아왔다. 플랑타르 씨는 웃음을 멈추지 못
했다. 눈에도 희열이 가득했다. 사흘간 우리를 겁먹게
만드는 데 성공했다는 즐거움이었을까?

플랑타르 씨가 우리에게 다가왔다. 아망다는 여전히
의심스러운 얼굴로 내게 찰싹 붙어 있었다. 그리고 플
랑타르 씨는 주머니에서 작은 열쇠를 꺼내서 내게 내밀
었다.

"네가 이겼다!"

나는 입을 떡 벌리고 열쇠를 집어 들었다. 아망다는 내 모습을 더 잘 지켜보려는 것처럼 한 걸음 물러났다. 이 엄숙한 순간을 더 잘 음미하려는 것 같았다.

나는 상자로 다가가 자물쇠에 열쇠를 꽂았다.

휘둥그레진 내 눈 앞, 그 상자 속에는…… 생강 과자, 초콜릿, 케이크, 색색깔의 사탕 그리고 온갖 종류의 탄산음료가 들어 있었다. 달콤한 것들의 향연이었다.

금이나 보석이 아니라니! 놀랍고 의아한 마음은 플랑타르 씨의 굵직한 목소리에 떨쳐졌다.

"이렇게 단 걸 먹기에는 조금 늦은 시간이지만, 정말 잘했다! 수수께끼를 풀고 렌 르 샤토의 보물을 찾아냈구나!"

플랑타르 씨가 말했다.

"내일 돌아가기 직전에 찾아내지 않을까 생각했는데, 정말 고집이 세구나! 하지 말라고 했는데도 못 참고 한밤중에 나가다니 말이야!"

근엄한 목소리의 엄마였다. 내가 이 상자를 찾느라 바보 같은 짓을 좀 했다고 생각하면서도 엄마의 본심은 나를 자랑스러워한다는 걸 금방 알 수 있었다.

"제 친구 토마랑 아망다 덕분이에요!"

마치 연설을 하려고 준비하기라도 했던 것처럼 내가 사람들 앞에서 큰 소리로 외쳤다.

잔뜩 모여 있는 아이들을 꼼꼼히 살펴봤다. 그리고 파리드와 눈이 마주친 나는 상자를 집어들고 파리드에게 다가갔다.

"네 덕분이기도 해, 파리드."

사탕이 들어 있는 작은 봉지를 내밀며 내가 말했다.

아이들 틈에서 드디어 토마의 모습도 보였다. 토마는 하늘로 주먹을 뻗고는 득의양양한 표정을 하고 있었다.

나는 로빈과 그 무리에게 다가가서 모두를 아무 말 없이 바라봤다. 그리고 한참 후에 입을 뗐다.

"고마워, 얘들아. 너희가 없었으면 보물을 찾아내지 못했을 거야."

그 아이들이 마음껏 집을 수 있도록 상자를 내밀었다. 처음에 로빈네 무리는 눈만 크게 뜨면서 차마 움직이지 못했다. 내가 이렇게 나올 줄은 전혀 예상치 못했던 것 같다. 그러다 케빈이 마침내 마음을 먹고 "고맙다,

이 녀석아"라면서 사탕 더미를 움켜쥐자 다른 아이들도 뒤따라 그렇게 했다. 나는 달콤한 간식을 바라는 아이들 모두와 보물을 전부 다 나누기로 했다. 친구들이 짓는 웃음에 내 마음도 따뜻해졌다.

뒤편에서 박수 소리가 처음에는 작게 들려오다가 곧 이어 크고 선명하게 들려 왔다. 고개를 돌리니 내게 박수 갈채를 보내는 아망다가 보였다. 모두들 따라서 박수를 쳤다.

모든 사람들의 크고 요란한 축하를 받게 되자 전율이 흘러 온몸이 찌릿했다. 어쩔 수 없이 미소가 번지고…… 얼굴이 붉어졌다.

28장

—

이튿날 아침, 우리는 짐을 챙겨 식당으로 내려갔다. 렌
르 샤토에서 먹는 마지막 아침식사가 우리를 기다리고
있었다. 선생님들은 모두 일어서 있었다. 아이들 전부
자리에 앉을 때까지 기다리는 것 같은 눈치였다. 플랑타
르 씨도 선생님들 곁으로 왔다. 선생님들 쪽으로 걸어
가던 플랑타르 씨는 모여 있는 아이들 틈에서 나를 발
견하고는 나와 시선이 마주치자 은밀히 공모하는 사람
들처럼 내게 살짝 윙크를 보냈다. 이번만큼은 아망다도
토마와 파리드 사이에 자리를 잡고 우리와 같은 식탁에
앉았다.

로디에 선생님은 근엄하게 연설이라도 할 것처럼 한

발짝 앞으로 나와 모여 있는 아이들에게 말했다.

"훌륭한 풍광을 자랑하는 이 조그만 렌 르 샤토 마을에서 지내는 것도 몇 시간밖에 안 남았네요. 어제 있었던 일을 떠올려 보며 다른 선생님들과 또 이 체험 학습에 함께한 어른들을 대신해서 여러분에게 모두 설명을 해 주려고 합니다."

로디에 선생님은 목을 가다듬고는 말을 이어 갔다.

"여러분도 잘 알겠지만 예기치 못한 눈보라 때문에 계획을 바꿀 수밖에 없었어요. 여러분에게 몽세귀르 성 체험 학습을 시켜 줄 수 있다는 생각에 기뻤지만 방향을 틀어야만 했죠. 하지만 곧바로 르루아 선생님께서는 이곳 렌 르 샤토에 며칠 머무르면서 여러분에게 잊을 수 없는 경험을 안겨 줄 수 있을 거라고 생각하셨어요. 일리 있는 말씀이었죠! 다만 날씨와 또 막판에 일정이 바뀌었다는 사실 때문에 여러분이 당혹스러워하는 것이 느껴져서 여러분이 렌 르 샤토에 머무는 시간을 조금 더 흥미진진하게 만들어 줄 만한 아이디어를 냈습니다. 플랑타르 씨에게 물었죠. 놀랍게도 플랑타르 씨께서는 여름에 이곳을 찾는 아이들을 즐겁게 해 주려고 온갖 보물 사냥이나 보물찾기를 기획하신다는 이야기를 해 줬습니다. 끝내주는 아이디어라고 생각했어요. 여름휴가 기간에는 인력도 훨씬 더 많고, 보통은 플랑타르 씨의 직원들이 그런 활동을 운영하지만 제가 플랑타르 씨를 설득해서 여러분을 제일 즐겁게 해 줄 만한 보물 탐험 시나리오 몇 가지를 찾아 달라고 부탁했습니다. 플랑타르 씨께서도 덩치 큰 악마 의상을 입겠다고 승낙해 주셨죠. 여러분은 낮이건 밤이건 이 영토를 돌아다니는 거인을 여러 번 봤을 겁니다. 팀마다 짜 둔 시나리오가 있었고, 체험 학습을 하는 곳곳에다 힌트를 심어 두었어요. 확실하게 앞서나갔던 것은 올리비에 팀이었죠. 통찰력을 발휘해서 보물로 이어지는 수수께끼를 모두 풀어 냈어요."

"그럴 리가! 우리가 받은 벌은요?"

내가 용기 있게 손을 들고 말했다.

로디에 선생님이 고개를 뒤로 젖히며 웃었다.

"아, 아! 모두 계획했던 거예요! 몇몇 학생들은 분명 소등 시간이 지난 뒤에도 참지 못하고 모험에 나설 거라는 걸 알고 있었습니다. 그래서 과제를 하라고 아망다와 올리비에를 소니에르 수도원장의 생활관에 보냈을 때 그 안에서 힌트를 찾아내기를 기대했죠."

"그러면 그 과제는……."

"걱정할 것 없어요. 여러분이 아무런 감시도 받지 않고 생활관 안에 있게 만들려고 꾸며 냈던 구실이니까요. 점수에는 반영되지 않을 겁니다."

로디에 선생님이 딱 잘라 말했다. 평균 점수를 갑작스레 걱정해야 했던 아망다는 크게 안심했다.

로디에 선생님은 잠시 말을 멈췄다가 수염을 어루만지고는 다시 말을 이어 갔다.

"자, 일기예보대로라면 아침식사를 마치고 나서 바로 길을 나설 수 있을 겁니다. 그렇지만 되도록 식사를 든든히 해 두세요. 돌아가는 길은 멀고, 오후 한 시쯤에나 점심을 먹으러 잠깐 멈출 거예요. 명심해 두세요. 뭐, 어제 저녁에 올리비에가 친절하게 나눠 준 과자를 전부 폭식하지만 않았다면 뭐라도 먹을 게 남아 있긴 하겠죠! 자, 그러면 마저 아침식사를 하고, 방에 잊고 온 물건이 없는지 잘 확인하도록 합시다."

나는 아망다 쪽으로 고개를 돌렸다. 아망다도 나를

지긋이 쳐다봤다.

아망다가 내게 크게 미소를 지으며 말했다.

"잘했어, 올리. 멋지게 해냈어! 렌 르 샤토의 보물을 나눠 준 것도 고마워!"

출발하기 전, 아이들이 물밀 듯이 식당을 빠져나가도록 내버려 두고는 나는 오동통한 플랑타르 씨에게 다가갔다. 플랑타르 씨는 커다란 벽난로 쪽으로 서서 춤을 추는 불꽃을 바라보고 있었다.

"저, 플랑타르 씨!"

"무슨 일이니, 얘야?"

플랑타르 씨가 자기 볼만큼이나 두터운 목소리로 말했다.

"소니에르 수도원장이 예배당에서 공사를 했던 이야기 말이에요, 양피지를 찾아서 기적처럼 부자가 되었다는 그 이야기는…… 진짜인가요?"

"아, 그럼! 그 이야기는 모두 사실이란다! 물론 양피지 위에 쓰여 있던 글은 네가 훌륭하게 해독한 글과는 다른 것이었고, 조그만 예배당 안에 있는 무덤에서 나온 글도 원래는 다른 것이었지만 말이야. 그건 모두 여름

방학 동안에 하는 보물찾기에 필요해서 내가 직접 고안해 낸 것들이지."

나는 플랑타르 씨가 한 말을 잠시 곱씹고는 이야기를 이어 갔다.

"그 보물이 정말로 있다고 생각하세요?"

"애야, 보물이 존재하는지 아닌지는 중요한 게 아니란다. 그렇지만 보물이 정말로 있다고 믿는 사람들은 언제나 항상 있었지. 이런 이야기가 아름다운 까닭은 바로 그것 때문이란다."

나는 동의한다는 뜻으로 고개를 끄덕였다. 그리고 여행 가방을 들고 출구로 향했다. 머릿속에는 온통 금화와 미스터리한 수수께끼의 모습이 가득했다.

29장

—

내가 마지막으로 버스에 올라탔다. 얼른 서두르라고 재
촉하는 엄마 말을 들으면서 트렁크에다 가방을 집어넣
는 와중에 토마와 아망다가 가볍게 말다툼하는 모습이
보였다. 아망다는 목을 젖히며 웃어댔고, 토마 이야기에
무척 즐거워하는 것처럼 보였다. 곧바로 심장이 살짝 따
끔거렸다. 내가 친한 친구한테 질투를 하는 걸까?

이 생각을 떨쳐버리고 싶어서 고개를 저었다. 그리고
두 사람에게 다가갔다. 내가 미처 둘의 시야에 들어가
기도 전에 아망다가 토마 손 위에다 조그만 종이쪽지를
슬쩍 올려놓았다. 아망다는 토마의 뺨에다 잽싸게 뽀뽀
를 하고는 다른 버스로 뛰어갔다. 나는 심장이 철렁 내

려앉았다.

"어! 너 여기 있었네?"

토마가 범죄 현장에서 현행범으로 잡히기라도 한 것처럼 깜짝 놀라며 말했다.

"뭐, 응. 여기 있지. 내가 어디로 갔으면 하는데?"

내가 보기에 너무 무미건조하다 싶은 어투였다.

엄마가 얼른 버스에 탑승하라고 일렀다. 그리고 우리가 자리에 앉자마자 버스 중앙 통로로 올라오면서 공지를 했다.

나는 창가에 앉아 고개를 돌리고 저 멀리 있는 막달라 탑을 바라봤다. 탑은 마을에 있는 낡은 집들 지붕 위로 뾰족하게 솟아 있었다. 가슴이 조여 왔다. 그리고 버스가 움직이며 렌 르 샤토를 떠난 뒤에도 한참 동안 아무 말 없이 있었다.

고속도로 입구에 이르자 토마가 나를 쳐다봤다.

"야, 올리, 무슨 문제라도 있어?"

토마가 눈썹을 찌푸리며 물었다.

"괜찮아, 괜찮아."

나는 거짓으로 대답했다. 토마가 다정한 말투로 계속

이야기했다.

"마을을 떠나서 슬픈 거야? 진짜 보물에서 멀어져서? 아무튼 간에 너한테 확실히 위로가 될 만한 게 하나 있어."

나는 궁금한 마음에 토마 쪽으로 고개를 돌렸다. 토마가 주머니를 뒤적거리더니 접힌 종잇조각을 내게 건네줬다.

"자, 아망다가 너한테 주라고 나한테 준 거야. 집에 도착할 때까지 너한테 주면 안 된다고 아망다가 신신당부를 했지만 너는 나를 잘 알잖아. 참을 수가 있어야지."

토마가 고르게 난 하얀 이가 모두 보일 정도로 환하게 웃음을 지었다. 눈은 짓궂으면서도 궁금해하는 기색으로 이글거렸다. 나 역시도 참지 못하고 미소를 지었다.

쪽지 끄트머리를 붙잡고 떨리는 손으로 조심스레 쪽지를 폈다.

잠시 후 나는 쪽지를 접고 내가 지을 수 있는 가장 환한 미소를 지었다. 얼른 월요일 저녁이 왔으면 좋겠다고 생각했다.

요즘 내 행동 때문에 미안했어. 특히 이번 수학여행 초반에 말이야.
잠시나마 함께 보냈던 시간을 생각하면 내가 진즉에 네 편이 되었
어야 한다는 생각이 드는데, 잘 모르겠어. 어떨 때는 내가 정말로
바라는 것과는 정반대로 행동하게 될 때가 많아. 아무튼 그냥 너
랑 같이 시간을 더 많이 보내고 싶고, 너를 더 알아가고 싶다는 이
야기를 하고 싶었어. 내가 우리 엄마 집에서 지낼 때는 우리가 몇 미
터 거리밖에 안 떨어져 있으니까 서로 안 보고 지낸다면 정말 바
보 같은 일이겠지!

월요일마다 수업이 끝나고 함께 시간을 보내면 어떨까? 물론 네
가 괜찮다면 말이야. 그러면서 내가 떠올린 아이디어도 같이 생각해
볼 수 있을 거야. 우리가 보물 탐험대 같은 걸 만들면 멋질 것 같
지 않아? 우리 둘이 같이 하면 대박일걸!

나중에 또 보자. 안녕, 나의 올리.

— 아망다